5分
シリーズ

5分間で心にしみるストーリー

エブリスタ 編

Hand picked 5 minute short,
Literary gems to move and inspire you

河出書房新社

目次

Contents

［カバーイラスト］吉田ヨシツギ

エブリスタ × 河出書房新社

［ 5分間で心にしみるストーリー ］

Hand picked 5 minute short,
Literary gems to move and inspire you

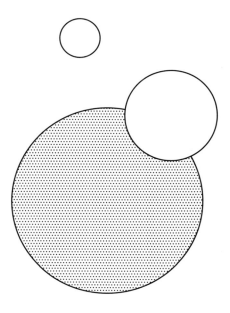

リング

ノリアキラ

リングは、嵌《は》めない。

私たち家族がそう決めたのは、やはり、政府のニュースを信じ切れなかったからだ。

空を宇宙船が埋《う》め尽《つ》くしたその日。私たちにはまったく何の予備知識も与《あた》えられてはいなかった。

おりしも、中秋《ちゅうしゅう》の名月目前で、少し早いけれど、お月見団子を用意して、のんびりしていた時だった。

本当に、突然《とつぜん》。

一つ、また一つと空に白い光の玉が顕《あらわ》れて。

まるで、夜なのに昼間に戻《もど》ったかのように煌々《こうこう》と街が明るく照らし出された。

茫然《ぼうぜん》として、私は長女の静《しずか》と長男の薫《かおる》と手をつなぎ、ベランダに出て空を見上げていた。

政府からの一斉《いっせい》放送が入ったのは、ほぼ同時だ。

後で知ったのだけれど、日本だけでなく、これは全世界共通だったそう。

……つまり政府はこのエックスデーをすでに知り、私たちにここまでその重大事を秘しておきながら、この日のために綿密に準備していたのだ。

宇宙船の目的は、『収穫《しゅうかく》』だった。

その時放送された、政府の話はこうだ。

遠い昔。彼らは生命の種を、この星に植えた。

別の星で様々な進化を経て多様な生物を増やし、自らの棲《す》む星に新たな変革を生むため。

彼らはずっとそのようなことを行っていた。

そうしなければ、同じ種だけでは、生命というものは常に退化し、やがて失われるものであるからだと、彼らは言う。

そして今、彼らの星はその予定の危機を迎《むか》えようとしており。そのために、私たちを新たな生命として「収穫」に来たのだと。

俄《にわ》かには信じがたい話だ。けれど、そこから後の告知の方が、実ははるかにもっととんでもなかった。

彼らは私たちおおよそ七十三億の地球人の中から、有志の二十億を募《つの》るという。自分たちの星の、新たな命として。その立候補者には、選択《せんたく》の印として特別なリングを配る。そして、ちょうど一週間後に、この地球を、彼らとともに旅だつことになると。

そこまで聞いただけなら、誰《だれ》が立候補するものかと思っただろう。しかし、彼らはその後、こう続けた。

そして、残りの五十三億は、すべて消去されることになると。

……あまりにも淡々《たんたん》とした話だったので、最初、私たちはそれが何を意味するのか判らず、しばしポカンとしたほどだ。

しかし、徐々《じょじょ》にその意味が身に伝わってきて、頭の中で理解できて来るにつれ、一気に血の気を失った。

彼らの話は、どこまでも合理的で理路整然としている。

同じ命は、もう必要ない。この星は命をはぐくむのに適した土壌《どじょう》である。太陽からの配置が絶妙《ぜつみよう》だ。

収穫を終えた畑を更地《さらち》に戻すように。

……彼らは、次の生命の枯渇《こかつ》の時の準備として、この星をもう一度、創世の状態にまで戻し、まったく別の命をはぐくむ土壌として利用したいのだと。

即座《そくざ》に私たちは恐慌《きようこう》を来《きた》した。

けれど政府はもう十分な準備を終えていた。すべてのマスコミは国の統制下に置かれ、戒厳令《かいげんれい》が敷《し》かれた。

選択は自由であるというアナウンスが、再三、流れた。

二十億という数字を出してはいるが、もしこれを超《こ》える希望があった場合も、十分、対応する用意がある、と政府は発表した。

しかし、リングをつけ、彼らとともに行く時。

私たちは、人間でありながら、一つ、人間を超えたモノになるとも告げていた。
……それがどんなものなのかは、公表されなかった。

夫の一志《かずし》は政府発表におおむね懐疑的《かいぎてき》だった。圧倒的《あっとうてき》な数の宇宙船がいつまでも空中に停泊《ていはく》しているのを見上げながら、それでも私たちはまだ本当に信じられなかったのだ。

そんな二択を迫《せま》られ、一方を選ばなければ即それが自分たちの死につながるなどということが、本当にあり得る、とは。

マスコミは完全に封《ふう》じられていたけれど、ネットやＳＮＳ環境《かんきょう》は野放しだった。なので、一志はパソコン前にかじりつくようにしながら、あちらこちらと接触《せっしょく》して、家族のために情報収集をした。

翌日の朝から、自衛隊員の家庭訪問が始まっていた。
彼らは一軒一軒、訪れて、私たちの意思確認をするとともに、この一週間のための食料の手配などもしていった。

会社も学校もどんな店も、もう翌日の朝はどこも開くことがなかったからだ。

ただ、電気やガスや水道のライフラインの確保だけはされていたから、その部分も政府は手ぬかりなく進めていたのだろう。

一志が最初に出した結論は保留だった。

自衛隊の人は、まだ時間があるから今すぐ決める必要はないと、丁寧《ていねい》に説明してくれた。

驚《おどろ》いたことに、この一週間の過ごし方を書いたパンフレットまで携《たずさ》えていた。

気持ちが決まったら、特設電話にコールするのでも、ネットで連絡《れんらく》してくるのでも良いと、それを示しながら、家の中で不思議そうな顔をしている子どもたちに細く笑った。

「あんな小さな子どもさんが二人もおいでなんだから。

お父さんもお母さんも、どうかじっくり考えて下さい。

政府はあなた方の結論を強制的に変更させることはいたしませんので」

……強制しないかわりに、空を覆《おお》う宇宙船からは守ってくれることもしないわけだ。

私は思わずそんなことを言いかけたが、不安そうな静の表情に、グッと口をつぐんだ。

きっとこの公団だけでも、私と同じ気持ちで絶叫《ぜっきょう》したくなっている母親が無数にいるはずだ。


ネットでの意見はほぼ、政府発表を疑ってかかっていた。

宇宙船がいるのは間違《まちが》いない事実だ。

そして、彼らが望むものを得なければ帰らない。

それもまた、本当のことに違いない。

……では何を疑うのか。

これは、政府の大きなペテンだというのだ。

宇宙船の目的は、相当数の人間を連れ帰ることだ。そして、それはたとえば公募したところで、決して立候補など考えない。それは当たり前だろう。

私だって絶対に立候補なんかしない。

たとえば一億円がもらえるとしても。

そのお金を持って宇宙に連れて行かれたら、何にもならない。

もしかしたら、そのお金を家族のために遺したいという奇特《きとく》な人が立候補するかもしれない。

でも、それだって彼らの望む二十億なんて数には決して至らないはずだし、第一その数の人間に一億円ずつ払《はら》っていったら、あっという間に国庫が底をつく。

……だから政府は考えたのだと、ネット内では、まことしやかに噂《うわさ》が巡《めぐ》る。

宇宙人と一緒《いっしょ》に行けば助かるけれど、行かなければ助からないとデマを流せばいい。

自分が助かりたいと思う者は立候補する。二十億には足らないかもしれないけれど、「宇宙人に連れ去られたい人！」と言って公募をかけるよりもはるかに大勢集まるに違いない。

……彼らが連れ去られてから。

残った者たちにはこう言えば良いのだ。

政府の必死の交渉《こうしよう》により、全地球市民の虐殺《ぎやくさつ》は免《まぬが》れ得た。

私たちは残った地球を守って行こう、と。


最終の意思決定は、宇宙船がやってきてから五日後に設定された。

私の公団ではたくさんの人がネットの意見の方を支持して、残っていたから、心細さは緩和《かんわ》された。

これを機に、これまであまり話をしたことがなかったご近所の人ともたくさん話して、なんとなく温かな気持ちにさえなったほどだ。

私たちの街には大きな公園があるが、その公園を中心にして自衛隊のキャンプが張られた。

この時点でリングを嵌めることを決め、それを受け取った人は、順次この野営地に移って生活を始めている。

静の幼稚園《ようちえん》のお友達だった家族も、何組かがこの野営地に移ったそうだ。

……そういう選択もある、と、思う。

何を信じて、何を信じないか。

私たちに与えられた情報は、あまりにも少なくて、しかも、不安定だ。

私も一志も、私たちと違う選択を責めたり、怒《おこ》ったりするような言葉を出したりはしなかった。

けれど、周りの風潮は、徐々にそんな風に変わっていた。

公団の空気も日を追うごとに緊迫《きんぱく》と熱気に包まれた。

最終、五日の意思決定の日を越《こ》えた夜なんて。

古くから街で営業している近くのスーパーの社長さんが、「これからもずっとお世話になるお得意様方に」と書かれたチラシと一緒に、倉庫から出したビールやチューハイを公団の管理事務所にドンと差し入れしてくれて。

集会所で配布があって、思いがけないお祭り騒《さわ》ぎになったくらい。

……でも、どの目にも間違いなく不安があった。

もちろん、政府発表を信じないという選択をした私にも一志にも、それはあった。その不安を忘れるために、その日は夜通しの大騒ぎに私たちも参加した。公団に残っていた子どもたちは、良く訳が判らない様子だったけれど、夜更かしに大喜びで走り回っていた。


いよいよ明日にはすべての真実が判るという六日目の朝。

自衛隊の人たちが、広報車でこんなことを言って回っていた。

もうリングを受け取っているのに野営地に来ていない人たちが居るのだそうだ。そういう人たちは、最終明日のぎりぎりの時間まで待つので、気兼《きが》ねなく野営地に来るように、とのことだった。

でも、そういう野営地は、これまではただのキャンプ場のようなさまだったのに、急に白い塀《へい》が張り巡らされ、銃《じゅう》を持った自衛隊の隊員さんが、一メートルごとに配置されているような姿に様変わりしていた。

……あれは中に入った人を外に逃《に》がさないためなのか、外の人間が、土壇場《どたんば》で中に逃げてこようとするのを止めるためなのか、どちらなのだろう?

それを考えるにつけても、複雑な気持ちになった。

……本当にこの選択で良かったのか。

私たちはともかく、まだ小さい、静や、薫は?

そのことを考え出すと、回答が判らなくなって、頭が変になりそうな気がした。たぶん、一志も同じ気持ちなのだろう。

時々意味もなく静や薫をギュッと抱《だ》きしめては、頭をこすりつけたりして、笑われたり、嫌《いや》がられたりしていた。

たとえこの選択のもたらす結果がなんであっても。

……最後の時まで、家族四人一緒に。

そんなことを思っていた……その日の晩だ。

その選択すら揺《ゆ》るがされるような訪問者が、私たちの下を訪れた。

隣《となり》の家の老夫婦だ。

そんなに行き来のあった人たちではない。

こんなことになって、もちろん喋《しゃべ》る回数は増えたけれど。

でも、それも表で偶然《ぐうぜん》会った時などに話を交わすという程度で、互《たが》いの家の間を行き来するなんて関係では全然なかった。

仲の良いご夫婦で。

週末にはよく二人でスーパーで買い物をしている姿を見かけた。

ご夫婦は訪問に少し怪訝《けげん》顔の私たちを前に、静かな風にお互いで目を交わしてから、こう言われた。

「瀬田《せた》さん。……静ちゃんと薫くんに、これを」

お二人がソッと私たちに差し出したもの。

それは、銀色の金属でできたふたつの腕輪《うでわ》。

……『リング』だった。

＊＊＊＊＊

私と一志はその晩、互いに泣き出すくらい言い争った。

一志はつける必要はないと言い。

私はつけさせてやりたいと頼《たの》んだ。

静や薫まで不安がって半べそをかきだしたくらいだ。

夫はリングを取り上げて、自分のポケットに入れ、私たちに寝《ね》るようにと叫んだ。

この六日間、カーテンを閉めても空に停泊し続ける宇宙船のせいで、夜は煌々と明るいままだ。

私たちは襖《ふすま》を閉め切って部屋を暗くして寝ていたけれど。

それが出来ない家に住んでいる人は布団を頭まで被《かぶ》りでもしなければとても寝られたものじゃない。

私はいつもどおり布団を敷き、静と薫を抱きしめて寝た。

涙《なみだ》が止まらず困った。

一志はずっとダイニングで、お酒を飲んでいたようだ。

時々襖の向こうから嗚咽《おえつ》が聞こえていた。

私たちが護《まも》りたい静と薫の方が。

案じて、ギュッと、元気づけるように私の手や背を摑《つか》んだまま眠《ねむ》ってしまった。

小さな手を見るのが、辛《つら》かった。


……そしてとうとうその日の朝が来た。

私たちは泣きはらした目のまま、何かに導かれるように目覚め、そして、いつもどおり顔を洗い、歯を磨《みが》き、服を着替《きが》え、朝食を食べた。

私は洗濯機《せんたくき》を廻《まわ》した。

今日干しても、明日は地球上に、生物はいなくなっているかもしれないのに。

時間が迫っていた。

こころなしか、停泊し続けていた宇宙船にも微妙《びみょう》な動きが始まった気がする。

徐々に……こちらに更に近づいてきているような。

見上げるだに不安が募った。

と、一志が急に、薫を抱き上げて言った。

「……行こう」

何の説明もいらなかった。

私は一志の言葉を理解した。

頷《うなず》いてすぐ静を呼ぶと、靴《くつ》を履《は》き、彼女を抱き上げた。

向かう場所は野営地だ。

急がないと。

けれど野営地近くは大変なことになっていた。

大勢の人間が集まって、白い塀を取り囲んでいる。

自衛隊の人たちは銃口をこちらの方へこそ構えていないけれど、誰かが一歩動いたら、いつでもそれをこちらに向けると言わんばかりだ。

私も一志も青ざめた。

一志はポケットからリングを取り出した。

そしてその人垣《ひとがき》に入る前に、まず、私が抱いた静の腕に、それを嵌めた。

ただの銀の輪にしか見えなかったリングは、不思議なことにシュッと小さな音をたてて、細い静の腕にぴたりと合うサイズになった。

「きれい」

静が嬉《うれ》し気にそれを空に掲《かか》げてみようとするのを、私は慌てて止める。ここにいる人たちに、リングがあることを見られるのはとてつもなく危ないことのように思えた。

一志は続けて薫の腕にもそれをつけた。

そして、私を先導するように、とても強引な足取りで人垣を分け、ずんずんと野営地に向けて歩き出した。

私もその後を、静を抱いて追う。

やっと人垣を三分の二ほど抜《ぬ》けたと思ったところで、誰かが呟《つぶや》くのが聞こえた。

……『リングよ』と。

「あの子、『リング』をつけてる！」

私たちは一気に青ざめ、子どもたちを抱いて、人垣を走るように抜けた。

誰かが私のシャツの腕を摑んだ。

「……この子も連れて行って！」

私は思いきり首を横に振《ふ》って、これまでそんな力を使ったことがないというくらいの力で、腕を前に引き戻す。

音をたててシャツが破れたけれど、解放された。

もうちょっと先に野営地が見える。

それなのに、でもその騒ぎで、一斉にまわりがこちらを向いた。

私を振り返って一志が叫んだ。

「静ッ、おいで！」

そして、腕から薫を下ろして、野営地を指さして叫ぶ。

「薫ッ、お姉ちゃんと一緒に走れ！」

薫は一瞬《いっしゅん》私たちを見て、目を丸くした。

けれど私が下ろして自分の方へ走ってくる静を見ると、きゅっと唇《くちびる》を結んで、静と手をつないで走り出した。

足元をすり抜けていく子どもたちには目もくれず、たくさんの人たちが一志を取り囲む。

一志が自分の手首を反対の手で覆って、それをお腹に隠《かく》して叫んだからだ。

「これはオレの『リング』だ！　誰にも渡《わた》さん！」


私は子どもたちを追って走った。

子どもたちがこちらを振り向いて足を止めそうになるたびに叫んだ。

「走って！　そのまま向こうへ走って！」

塀を護る自衛隊の人たちが子どもたちと、その手に光るリングに気が付いて、銃を下ろし、手を伸《の》べて走り寄ってくれるのが見える。


……生きて。


小さな二つの背中を見送って。

私はその場に膝《ひざ》をついた。

……お願い、どうか。

どうか。

この選択が、間違いではありませんように。

私が首を垂《こうべ》れた瞬間、空を覆っていた宇宙船が、一斉に降りてきて、まばゆいほどの光を放ち始める。

……これがすべての始まりだった。

［5分間で心にしみるストーリー］

Hand picked 5 minute short,
Literary gems to move and inspire you

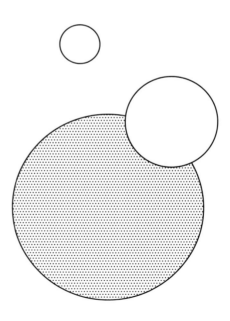

記《き》憶《おく》銀行

かにもん

目が覚めると、私は記憶を失っていました。『目が覚めると』とは言っても、眠《ねむ》っていたわけではないらしく、どこか小奇麗《こぎれい》な施設《しせつ》のロビーで立ち尽《つ》くしていたようです。

なぜこんなところで記憶を失っているのでしょう。見当もつきません。

「お客様、記憶はなくなりましたか？」

カウンターらしき机を挟《はさ》んで、ニコニコと微笑《ほほえ》む男性が話しかけてきました。彼は今、とても大事なことを二つ言った気がします。『お客様』、私はこの施設の利用者なのでしょうか。

そして、もっと重要なのが『記憶はなくなりましたか？』という言葉です。なぜ私が記憶喪失《そうしつ》になったことを知っているのでしょう。尋《たず》ねずにはいられません。

「つかぬことをお伺《うかが》いしますが、ここはどこですか？　私は誰《だれ》なのでしょう？」

爽《さわ》やかすぎて逆に怪《あや》しいその人は、より一層ニコニコしてから、頭を小さくぺこりと下げました。

「申し訳ございません。ご説明が遅《おく》れてしまったことをここに謝罪させていただきます」

その笑顔からは、謝罪の心などスズメの涙《なみだ》ほども感じられませんでした。まったく、私が短気な人ならば、スズメのようにチュンチュン喚《わめ》き散らしていたことでしょう。

「この施設は『キオクギンコウ』でございます。お客様は当行に、記憶をお預けになったのです」

『キオクギンコウ』？　聞いたこともありません」

私は腕《うで》を組みました。

キオクギンコウ……、記憶銀行……、記憶の銀行？　記憶のやり取りができる銀行なのでしょうか。もしもそうなら、科学技術はいつのまにそこまで進歩したのでしょう。

「そうでしょう。記憶を失ったあなたが知るはずもありません。当行は今から五年ほど前に創立された、全く新しい銀行なのです」

白い歯をちらつかせながら、銀行マンさんはいろいろなことを説明してくれました。今から十年前、量子力学が完全に紐解《ひもと》かれました。量子計算機や量子情報通信が、実用的なものとなったのです。

量子計算機の登場から、様々な学問が引っ張られるようにして大きく発展したそうです。特に、脳科学は目覚ましい進歩を遂《と》げたとのことです。

そして今から六年前、『記憶銀行』の創立者が、記憶をデータとして記録媒体《ばいたい》に移動することに成功。その翌年に『記憶銀行』は創立され、現在になってめでたく私の記憶はデータ化されてしまったようです。

なぜこんなに難しそうな話をすんなりと受け入れられたのでしょう？　記憶をなくすまでの私は、いわゆるリケジョというやつだったのかもしれませんね！

いいえ、仮に私が割烹着《かっぽうぎ》を着ながら研究室を闊歩《かっぽ》していたとしても、いくらなんでも腑《ふ》に落ちません。私の記憶がすべて失われてしまったのなら、私の知能レベルももっと低くなくてはいけないはずです。赤ちゃんと同じくらいまで戻《もど》っていてもおかしくはないでしょう。ばぶばぶ。

「なぜ私は幼児退行していないのでしょうか？」

「その点を気になされる方は多いですね。お客様の脳には、お客様が生まれた時点、つまりは今から二十一年前時点から百年前までに出版された多くの書籍《しょせき》の内容が完全にインストールされています」

そう答えた後に「もしかしたら、記憶を失う前よりも知能レベルが高くなっているかもしれませんね」なんて冗談《じょうだん》を言うような口ぶりで微笑んできやがります。もしかしなくともそうでしょう。

その知能レベルをもってして「ばぶばぶ」していたのかと思うと、少しだけ恥《は》ずかしくなります。私の顔は恐《おそ》らく、熟れたリンゴのようになっていたことでしょう。気を紛《まぎ》らわすために話題変更《へんこう》作戦を実行しました。

「それで、私は誰なのでしょう」

「お客様は『お客様』です。いや、『お客様』なのですから『神様』とお呼びしても差し支えはないでしょう」

「いや、接客精神を問うているのではなくてですね」

銀行マンさんは、真剣《しんけん》な顔をしてもう一度言うのでした。

「お客様は『お客様』です。それ以前の『あなた』は、当行がお預かりしております」

この人、実は凄《すご》く恐い人なのかもしれません。私の顔が青くなったのもやむを得なかったのだと言えます。リンゴは赤くも青くもなるのです。

私が雨の日の捨て猫《ねこ》のようにプルプルと震《ふる》えているのを見かねてか、銀行マンさんは再び笑いかけます。

「すみませんね。これはお客様とのご契約《けいやく》でして、記憶を失う前のお客様に関することは、何も教えてはいけないのです」

「そうなんですか……いろいろと複雑なんですね」

「いえ、当行で交わされる契約はいつだって単純明快。お客様は『今までのお客様』をすべてお預けになったにすぎません」

「今までの私をすべて……？　ちょっと待ってください！　私の家はどうなっているのですか？」

「ご安心ください。要介護《ようかいご》のお爺《じい》さまからペットのわんちゃんに至るまで、当行がすべてお預かりしております」

安心できるわけがありません！　名前も知らないお爺さまやわんちゃんは良いとしても、家まで預かられてしまっては困ります！　私が野垂れ死ぬまでの明確なビジョンが丸見えです！　レントゲン写真かっていうくらい透《す》けて見えます！

「家がなくては死んでしまいます！」

「その点もご心配には及《およ》びません。当行にお預けになった記憶の利息として、新しい住まいと毎月の生活費を支給いたします」

銀行マンさんは、おかしなことを言いました。利息とは言いますが、そもそもなぜ利息などが付くのでしょう。私が記憶を預けることで、何か得をすることでもあるのでしょうか。正直、とても怪しいです。

疑いの目を尖《とが》りに尖らせて銀行マンさんを見つめていると、それに気付いたらしく、両腕を大きく広げて言いました。

「お預けになった記憶は、ビッグデータとして収集され、様々な分野で利用されます。それゆえ、その対価として利息が付くのです」

それを聞いて、私は胸を撫《な》で下ろしました。何だかよくわかりませんが、少なくとも怪しいお金を頂いているわけではなさそうです。

ビッグデータ、対価……何となくそれっぽいですし、心配することは何もありませんね！

いえ、心配すべきことはまだ残っています。それがどこにあるのかわからないのでは、私は結局野垂れ死んでしまうでしょう。

「それで、私の新しい家はどこにあるのでしょう？」

「はい、今からご案内いたします。こちらへどうぞ」

銀行マンさんは私を外に連れ出しました。

銀行から少し歩いたところに、私の新しい住まいはありました。高級そうな背の高いマンションで、目がくらくらしてしまいました。

「お客様の部屋は六階になります」

エレベーター内で、このマンションについての説明を受けた気がしますが、まるで頭に入ってきませんでした。

ただ銀行で記憶を失っていただけの私が、こんな場所に住んでしまっても良いのでしょうか？

「こちらの部屋です」

案内された部屋も、これまた家賃が高そうなお部屋なのだろうと、玄関《げんかん》を見ただけでわかります。

玄関に上がるとき、敷居《しきい》に躓《つまず》いて転び、右腕を強打してしまいました。まさかの強打者の登場に、球界もざわついていることでしょう。ドラフト一位指名も確実です。

「大丈夫《だいじょうぶ》でしょうか？」

銀行マンさんが慌《あわ》てて駆《か》けよってきます。

「ええ、大丈夫ですが、思ったより敷居が高くて転んでしまいました」

「そういうことはよく起こります。脳の記憶は消えても、筋肉の記憶が消えていないので」

「筋肉の記憶?」

マッスルメモリーのことでしょうか。一度筋力を鍛《きた》えれば、衰《おとろ》えてしまった後でも、鍛えなおせば急速に筋肉が戻ってくるという……。

しかし、それでは話が繋《つな》がっていないような気がします。

「体が覚えているということです。このことを先にお伝えしておくべきでしたね。申し訳ありませんでした」

そういうことですか。記憶をなくす前までに暮らしていた家の敷居が、これよりもだいぶ低かったため、その差で躓いてしまったということらしいです。

「いえいえ、この通り大丈夫ですから」

私は慌てて起き上がり、打った右腕をポンポンと叩《たた》きました。しかし目には涙を浮《う》かべていたので、説得力があったかどうかはわかりません。

お部屋の中心まで連れられ、その全体をじっくりと眺《なが》めてみました。このお部屋の第一印象は『白い』でした。その白さといったら、買ったばかりのブラウスよりも白く、汚《よご》れ一つさえ許されないでしょう。

その広く白いお部屋は、必要最低限の家具しか置いてありません。どことなく寂《さび》しさを感じてしまうのは、贅沢《ぜいたく》というものでしょうか。

「私の案内はここまでです」

銀行マンさんが静かに告げました。

「ご案内いただき、ありがとうございました」

私が頭を下げると、銀行マンさんはまた静かに言います。

「いえいえ、これも当行のサービスの内ですから。そうそう、サービスと言えば……」

銀行マンさんの顔が一瞬《いっしゅん》にしてビジネスマンさんの顔に豹変《ひょうへん》しました！　高価な壺《つぼ》の一つや二つ、買わせていそうな顔です！

「当行では、記憶をお貸しするサービスも取り扱《あつか》っております。興味を持たれましたら、ぜひ当行へ足をお運びください」

そう言い残して、銀行マンさんは我が家を去りました。とても不思議な雰囲気《ふんいき》をお持ちの方でした。

だだっ広い部屋に一人取り残された私は、その床《ゆか》に大の字になって寝《ね》転びます。

この部屋は、まるで私の記憶そのものです。必要な物しか置いておらず、そのほかは空っぽ。

これから私色に染めてゆくのでしょうか。でも、そもそも私色って何色でしょうか？

やはりこの私のことですから、可愛らしいピンクでしょうか。……これは願望ですね。情熱の赤だったり、少し大人な青だったりするのかもしれません。魅惑《みわく》の紫《むらさき》ということもあるでしょう。

それとも実は虹《にじ》色とか、もしくはそれらを全部かき混ぜた凄くばっちい色なのかもしれません。

でも、今の私はどうにも空っぽで、強いて言うなら、つかみどころのない無色透明が適切な気がして、この部屋の色に染まってしまいそうです。

真っ白でいるのは、なんだか人間味に欠けてしまっている気がします。何か色を付けたくて仕方がありません。手っ取り早く色を付ける方法はないでしょうか。

『当行では、記憶をお貸しするサービスも取り扱っております。興味を持たれましたら、ぜひ当行へ足をお運びください』

そうでした。先ほど聞いたばかりだったではありませんか。空っぽの部屋が嫌《いや》なら、物を詰《つ》め込《こ》んでしまえば解決です！

思い立ったが吉日《きちじつ》、時は金なりといったところでしょう。なんにせよ、銀行に向かうにはちょうど良いタイミングでした。

銀行に到着《とうちゃく》すると、銀行マンさんが駆け寄ってきました。

「これはこれはお客様、何かお気に召《め》さない点でもありましたか？　それとも……」

またビジネスマンさんの顔をしています。

「記憶をお貸しいただけるサービスについてお伺いしたくて」

「そうですかそうですか！　それではご説明させていただきます！」

より一層にんまりと笑いました。そんな彼の説明した内容はこうでした。

『記憶銀行』では、通常の金融《きんゆう》的な業務も行っています。融資したお金が返ってこない場合、お金の代わりに記憶を回収するそうなのです。その記憶を他の利用客に貸しているとのことです。

でも、記憶を取り立てられるほどに経済状況《じょうきょう》が悪くなった人の記憶をもらったところで、私の頭は満たされるのでしょうか。

「回収した記憶の持ち主は、確かに落ちぶれた方々なのですが、そういった都合の悪い記憶はすべてカットしてあります」

そういうことなら、一度試してみるのも良いかもしれません。

「どのような記憶を貸していただけるのですか？」

「お客様のご希望に合わせて、それに沿うようなものをこちらで選択《せんたく》し、ご提供させていただきます」

少し悩《なや》みます。

私の望む記憶。

栄光と栄誉《えいよ》に満ちた勝利の記憶でしょうか。生まれと才能に恵《めぐ》まれた幸運の記憶でしょうか。

いいえ、そう大層なものは望めません。なぜか、望んではいけない気がしたのです。

そして、私が望んだ記憶は……。

「極々平凡《へいぼん》な幸せの記憶を貸してください」

「……かしこまりました。それでは、この記憶を脳にインストールさせていただきます」

銀行マンさんは、何やら怪しい機械を取り出し、それから発せられた光を私の頭にあてました。

頭がだんだんと熱くなってきます。そして、ふと思い出しました。

それは、優しい家族と良き友人に囲まれた記憶でした。

そこで一つだけ疑問が浮かびあがります。これは、本当に極々平凡な幸せの記憶なのでしょうか？

変な話ですが、私には大きすぎて、それでいて小さすぎるような気がします。どう表現しても矛盾《むじゅん》してしまいそうです。

大きすぎて、全体を把握《はあく》できないような感覚。こんなに楽しい気分は今までに味わったことがありません。『今まで』を捨ててしまったからでしょうか。

小さすぎて、そのもの自体を認識できないような感覚。どれだけ幸せな記憶でも、どこか他人事なのです。まあ、文字通り『他人事』だからでしょうが。

その両方の感覚がごちゃ混ぜになります。そうやって完成したミックスジュースは、やっぱり凄く不味《まず》いものでした。

「あの、やっぱりこの記憶はお返しします」

これ以上は耐《た》えられそうにありませんでした。このミックスジュースは不味すぎます。

「承知いたしました」

銀行マンさんは、また怪しい機械を取り出しました。それから眩《まばゆ》い光が私の頭を包みます。

頭の中がじわじわと空っぽになっていきます。私の頭は、またも私の部屋のようになっていました。

いえ、私の部屋には確かに私が居ましたが、私の頭の中に、私が居るとは断言できません。

記憶を失ってしまった私の口から出る言葉は、いったい誰の言葉なのでしょう。すべて膨大《ぼうだい》な知識データによって喋《しやべ》らされているような、そんな気がします。

「記憶は確かにお返しいただきました。それでは……」

銀行マンさんが慣れた口調で言い放った次の言葉は、私の空っぽな脳を激しく揺《ゆ》らしました。

「続いて、利子をお支払《しはら》いいただきます」

その口ぶりは、底の浅い記憶の中でも、最も恐ろしく感じました。

「何を驚《おどろ》かれているのですか？　お預けになった記憶に利息が発生するのですから、お借りになった記憶に利子が発生するのは当然ではありませんか」

その皮膚《ひふ》に張り付いたような笑顔を、一生忘れることはないでしょう。もっとも私の一生など、あと数分で終わってしまうのかもしれませんが。

「何も心配することはありません。ただ、振《ふ》り出しに戻るだけなのですから」

振り出しに戻る。私の振り出しは、どこにあるのでしょう。生まれたときか、この銀行で目覚めたときか、はたまた来世で新たに生を受けるときか。

「お客様、またのご利用をお待ちしております」

銀行マンさんが手にした装置のダイヤルを回した途端《とたん》、私の頭を包み込む光が一層眩しくなり、そこから先は何も考えられませんでした。


目が覚めると、私は記憶を失っていました。『目が覚めると』とは言っても、眠っていたわけではないらしく、どこか小奇麗な施設のロビーで立ち尽くしていたようです。

なぜこんなところで記憶を失っているのでしょう。見当もつきません。

「お客様、記憶はなくなりましたか？」

カウンターらしき机を挟んで、ニコニコと微笑む男性が話しかけてきました。外見はとても爽やかなのですが、なぜか全身に鳥肌《とりはだ》が立ってしまいます。

ところで彼は今、とても大事なことを二つ言った気がします。『お客様』、私はこの施設の利用者なのでしょうか。

そして、もっと重要なのが『記憶はなくなりましたか？』という言葉です。なぜ私が記憶喪失になったことを知っているのでしょう。尋ねずにはいられません。

「つかぬことをお伺いしますが、ここはどこですか？　私は誰なのでしょう？」

爽やかすぎて逆に怪しいその人は、より一層ニコニコしてから、頭を小さくぺこりと下げました。

「申し訳ございません。ご説明が遅れてしまったことをここに謝罪させていただきます」

その笑顔からは、謝罪の心などスズメの涙ほども感じられませんでした。まったく、私が短気な人ならば、スズメのようにチュンチュン喚き散らしていたことでしょう。

「この施設は『キオクギンコウ』でございます。お客様は当行に、記憶をお預けになったのです」

「『キオクギンコウ』？　聞いたこともありません」

私は腕を組みました。

「いっ……！」

腕を組んだその瞬間、右腕に得体の知れない痛みが走りました。袖《そで》を捲《まく》ると、そこには大きな青あざができていました。何が起こったらこんなところにあざができるのでしょう。

「……どうかなさいましたか？」

「いえ、何でもありません」

「左様でございますか……。それでは、当行についてご説明させていただきます」

白い歯をちらつかせながら、銀行マンさんはいろいろなことを説明してくれました。ここが記憶を扱う銀行であること、私が記憶を預けたこと、私の頭には大量の書籍による知識データがインストールされていること。

そのどれもが突拍子《とっぴょうし》もない話ではありましたが、なぜかすんなりと受け入れてしまいました。記憶が空っぽだから、バリケードを作る材料もないのかもしれません。

「それで、私は誰なのでしょう」

「お客様は『お客様』です。いや、『お客様』なのですから『神様』とお呼びしても差し支えはないでしょう」

「いや、接客精神を問うているのではなくてですね」

銀行マンさんは、真剣な顔をしてもう一度言うのでした。

「お客様は『お客様』です。それ以前の『あなた』は、当行がお預かりしております」

この人、やはり凄く恐いです。私の顔は右腕のあざよりも青くなっていたかもしれません。

私が雨の日の捨て猫のようにプルプルと震えているのを見かねてか、銀行マンさんは再び笑いかけます。

「すみませんね。これはお客様とのご契約でして、記憶を失う前のお客様に関することは、何も教えてはいけないのです」

「そうなんですか……いろいろと複雑なんですね」

「いえ、当行で交わされる契約はいつだって単純明快。お客様は『今までのお客様』をすべてお預けになったにすぎません」

「今までの私をすべて……？　ちょっと待ってください！　私の家はどうなっているのですか？」

「ご安心ください。要介護のお爺さまからペットのわんちゃんに至るまで、当行がすべてお預かりしております」

安心できるわけがありません！　名前も知らないお爺さまやわんちゃんは良いとしても、家まで預かられてしまっては困ります！　私が野垂れ死ぬまでの明確なビジョンが丸見えです！　レントゲン写真かっていうくらい透けて見えます！

「家がなくては死んでしまいます！」

「その点もご心配には及びません。当行にお預けになった記憶の利息として、新しい住まいと毎月の生活費を支給いたします」

銀行マンさんは、とてもおかしなことを言いました。利息とは言いますが、そもそもなぜ利息などが付くのでしょう。私が記憶を預けることで、何か得をすることでもあるのでしょうか。正直、とても怪しいです。

疑いの目を尖りに尖らせて銀行マンさんを見つめていると、それに気付いたらしく、両腕を大きく広げて言いました。

「お預けになった記憶は、ビッグデータとして収集され、様々な分野で利用されます。それゆえ、その対価として利息が付くのです」

納得できません。いくらビッグデータがどうとか言われましても、私個人の記憶に、新しい住まいと生活費分の価値などあるのでしょうか。

他人にとって価値のある記憶とは、どんなものでしょうか。右腕がじんじんと疼《うず》きます。

「あの、預けた記憶を引き出すことは可能でしょうか?」

「はい。可能ではございますが……その……」

銀行マンさんが言いよどみます。とても言いづらそうにしていますが、それが逆に、ここで引き下がってはいけないのだと、強く決心させる引き金になりました。

私は更に問いただします。

「なんでしょうか」

「……『あなた』の記憶は、一度引き出してしまうと、もう預けることができなくなってしまうのです」

「それは……」

記憶銀行にとって記憶を預けてもらうことは、利息を払うくらい有益なことのはずです。それなのに、一度引き出したら預けられなくなるのは変です。

バックアップが取れるのなら話は変わってきますが、おそらく記憶のコピーはできないのでしょう。バックアップが取れるのなら、私が記憶を失う理由も、銀行が私に毎月利息を払う必要もないはずです。

銀行は長期的に私の記憶を持っていたいから利息を払うのです。

では、なぜ『私』の記憶は、一度引き出すと預けられなくなるのでしょう。新たな疑問が生じました。

いえ、死んでいた疑問が生き返ったとでもいうべきでしょう。もしくは、私が殺していたのかもしれません。

真相にたどり着いてしまうのがとても怖《こわ》かったから、押《お》し殺してしまったのでしょう。

「私の記憶が、とてもつらい記憶だからでしょうか」

「……なぜそう思われるのでしょう？」

銀行マンさんの顔から笑みが消えてしまいました。やはり、これが真相なのですね。できれば予想が外れてほしかったのですが、かなわなかったようです。

「まず、私が記憶を預けたのはなぜかと疑問に思いました」

この疑問は、私が殺してしまっていたものです。本来であれば、一番初めに疑問に思うはずでしょう。記憶を預けられる施設が存在したところで、私はなぜ記憶を預けたのでしょう。お金がもらえるからでしょうか。

いえ、そんなはずがありません。お金をもらうのは記憶を失って『お客様』になった私なのです。記憶を失う前の『私』にとって、得なことは何もありません。つまり、私は記憶を捨てたかったのでしょう。『私』を捨てたかったのかもしれません。

「次に、銀行にとって損にしかならないのに、『私』の記憶が預けられなくなるのはなぜだろうと」

それは銀行の都合で預けられなくなるのではなく、私の脳の都合によるものだからでしょう。悲しい記憶など、誰もが忘れてしまいたい。捨ててしまいたい。だから、私の脳も受け入れを拒否《きょひ》していて、強引な方法でないと引き出せないのではないでしょうか。私の脳が私の記憶を捨ててしまわないように、縫《ぬ》いつけておかないといけないのでしょう。

「最後に、価値のある記憶とは何かと考えました。私個人の記憶に、新しい住まいと生活費分の価値などあるのでしょうか」

「……悲しい記憶には価値があると?」

「右腕のあざを見て、少し思ったのです」

私の知らないうちにできた青あざ。この痛いあざは、いったいいつからあるのでしょう。昨日でしょうか。一昨日でしょうか。一時間前かもしれません。

どこかにぶつけてできたのでしょうか。転んだ拍子に打ってしまったのでしょうか。誰かに殴《なぐ》られたのかもしれません。

「このあざができた原因を知らなければ、私はまたみっともなくぶつかって、恥ずかしげもなく転んでしまうのです」

価値のあるデータとは、成功のデータではなく、きっと失敗のデータなのです。成功の理由はどれだけ探しても後付けにしかなりませんが、失敗の理由は痛いほどわかります。

今だって私は、失敗の記憶を捨ててしまったことに胸を痛めているのですから。

「私の記憶、返していただけますか?」

「……あなたの脳は、あなたの記憶を拒絶しているのですよ? そんな記憶を脳に戻す方法はただ一つ。『脳裏に刻み込む』しかないのです。刻み込んだ記憶は、もう絶対に預けられません。それでもよろしいのですか?」

静かに、ぼそぼそと銀行マンさんが仰《おっしゃ》います。そっけないようにも見えますが、私のことを案じてくれているのでしょう。

「はい。私は、私の失敗を受け入れます。跳《と》ぶためのバネがないと、私はここから這《は》い上がれないのでしょうから」

こうして私は、私の記憶を引き出しました。私の記憶は、敗北と後悔《こうかい》だらけで構成された失敗の歴史でした。

本棚《ほんだな》だけが置いてあった脳の中が、汚れた机、いびつな椅子《いす》、穴だらけのカーテンなど、自慢《じまん》できないようなもので満たされてしまいました。

自然と涙が出てきます。いえ、必然的に涙が出たのです。こんなにあざや傷があるのに、痛くないはずがありません。

でも、この痛みこそが、私を上手に生きさせてくれるのでしょう。とりあえず、こぼれた涙で机でも拭《ふ》いてみましょうか。案外きれいに光ってくれるかもしれませんしね！

「お客様、またのご利用をお待ちしております」

銀行マンさんが頭を下げました。

「私はすでに『お客様』ではありませんし、もう利用できないのでは？」

「いえ、当行では通常の銀行業務も行っておりますので。それに……」

「それに……？　なんでしょう？」

私の問いかけに、少し間をおいてから口を開きます。

「あなたの記憶を見させてもらいましたが、滑稽《こっけい》な失敗ばかりで笑えました。もしも気が向いたら、ぜひとも失敗談を聞かせてください！」

今日一番の憎《にく》たらしい顔で笑いました。でも、今日で一番素直な表情かもしれません。

「話すのは構いませんが、料金が発生しますよ？」

そう易々とは譲《ゆず》れません。だって私の傷は、とても価値のあるものなのですから。

［５分間で心にしみるストーリー］

Hand picked 5 minute short,
Literary gems to move and inspire you

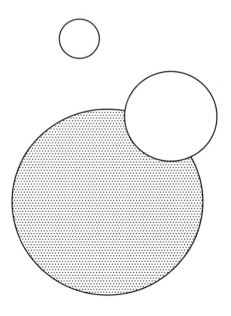

偽《ぎ》装《そう》するのは誰《だれ》のため

P助

それは二つ折りの携帯電話《けいたい》のような形状だった。上半分に小さな液晶《えきしよう》画面がある
ところはまさしく携帯電話なのだが、下半分がそれとは違《ちが》った。小さなくぼみが一
つあるだけだ。
くぼみには特殊《とくしゆ》なセンサーが埋《う》め込《こ》まれていた。このくぼみにほんのわずかな量
の有機物を置くだけで、その有機物のＤＮＡを解析《かいせき》し、そのＤＮＡデータを元に品
種や産地、生産時期などを特定するのだ。
そう。これは数年前、食品偽装が世間を騒《さわ》がせた頃《ころ》に開発が始まった道具だ。こ
れさえあれば、一般《いっぱん》消費者の誰もが手軽に偽装食品の判別が出来る。偽装問題が落
ち着いた今頃になってようやく完成したのだ。
しかし、偽装問題が騒がれなくなったからと言って、それが一切ないとは言い切
れない。表に出ないだけで、実はまだまだあるのかもしれないのだ。
僕がこの道具を手に入れたきっかけも、そんな思いからだった。
結婚《けっこん》してすぐに子供ができたせいで、しばらく妻とまともに外食をしていなかっ

た。そろそろ子供も手がかからなくなったことだし、妻の誕生日に彼女を食事に誘《さそ》うことにした。せっかくだから、ホテルの最上階にある、高級レストランへ。高い金を払《はら》っていくのだから、偽装食材を使われていたら割に合わない。だから僕はこの道具を手に入れたのだ。

久しぶりの外食に妻は上機嫌《じょうきげん》だった。テーブルには次々と料理が運ばれてくる。テーブルの端《はし》には一見携帯電話と思《おぼ》しき道具があった。もちろんそれは、僕が置いた例の道具だ。

料理が運ばれてくるたび、僕は食材の一部をナイフで切り取り、その道具にある小さなくぼみに置いてみる。

うん。間違いない。さすがは超《ちょう》がつくほどの高級レストランだ。偽装食材が使われているのではないかと疑った自分が恥《は》ずかしい……と、思い始めた矢先のことだ。小さな液晶画面に『フィリピン産ブラックタイガー』の文字が浮《う》かび上がった。

この料理名を詳《くわ》しく覚えてはいないが、それでもメニューに書かれていたその中には確か『車海老』の文字があったはず。ウェイターも皿を置きながらそう言っていたことを思い出す。

なんてことだ。やはり表に出ないだけで、こっそりとまだこんなことをやっていたのか。

僕は呆《あき》れ果てるとともに、これは文句のひとつでも言ってやらねばと思い、ウェイターの姿を探す。

僕の挙動に気づいたのか、眉《まゆ》をひそめた妻が、「どうしたの?」と問いかけてきた。件《くだん》の道具を妻のほうに滑《すべ》らせると、僕は小さな液晶画面をこつこつと指先で叩《たた》く。

「ほら、この海老。調べてみれば車海老じゃなくてブラックタイガーだ。ちょっと店の者に忠告してやろうと思ってさ」

そう言って再びウェイターの姿を探す僕を、妻は静かにたしなめた。

「いいじゃない、別に。ブラックタイガーでも充分《じゅうぶん》美味しいわよ」

そう言って彼女は料理を口に運んだ。

満足そうに咀嚼《そしゃく》する妻を目の前に、

「でも、料金はどうするのさ？　ブラックタイガーなのに、車海老の代金を払わされるんだぞ」

「それだって、こうしてホテルの最上階のいい景色を眺《なが》めながら食べられるのよ。ブラックタイガーでも、それだけの価値があると思わない？」

妻はそう言うと、窓外の夜景に目を細めた。

僕もその視線を追うように窓の方を見る。宝石箱のような景色が眼下に広がっていた。

再び妻に目を向けると、彼女は穏《おだ》やかにこちらを見ていた。その眼差《まなざ》しで、僕は起こそうとしていた行動をあきらめた。

「そうだな。料理を美味しく食べられるんだから、それで充分か」

そう言ってから、僕は妻の前に置いたままだった件の道具に手を伸《の》ばす。

「こんなもの、持ってこなけりゃよかったかな」

そう言いながら、それを手元に戻《もど》そうとしたその時、唐突《とうとつ》に妻がくしゃみをした。

「おいおい風邪《かぜ》か？」

「違うわよ。ちょっとむずむずしただけ」

「そうか？　気をつけろよ」

「ありがとう」

そんな会話をしながら何気なく僕は手の中の道具に目を落とした。そこには、妻がくしゃみのときに飛ばしたと思しき一滴《いってき》の唾液《だえき》が付着していた。ちょうど、二つ折り下半分のくぼみの部分に。


しばらく眺めるうちに、液晶画面に文字が並び始める。それを見た僕は、すぐに妻に目を向けた。

「君は、確か関西のほうの出身だったよね？」

「ええ、京都よ」

「歳《とし》は、僕より三つ下だ」

「そうだけど、なに？　今頃……」

「いや、なんでもないんだ」

僕はそう言って、手の中の道具をポケットに仕舞《しま》った。

考えてみれば、妻の京都弁はほとんど聞いたことがなかった。それに、今夜実家に預けてきた娘《むすめ》は、僕と妻のどちらにも似ていない。

じっと妻の顔を見つめるうち、きれいな鼻筋や、歳のわりに張りのある肌《はだ》が、どこか作り物めいたものに思えてくる。

そうか。誰しも、誰かのために、何かしらの偽装はしているものなのだ。そう思いながら、僕は自分の額にかかる前髪《まえがみ》をかき上げた。その感触《かんしょく》で思い出す。そろそろメンテナンスをしなければ……。

［ 5分間で心にしみるストーリー ］

Hand picked 5 minute short,
Literary gems to move and inspire you

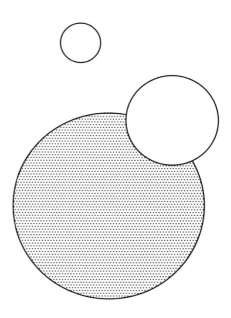

考える人

有坂悠

僕は気が弱い。
いや、というよりも気が小さい。
度胸がないというか、臆病者《おくびょう》というか、何だか結局全部同じ意味なのかもしれないが。

周りの視線が気になって、自分の意志を貫《つらぬ》けない。
聞こえるはずのない周りの声を勝手に想像して、正しいことを思いきり出来ない。
とにかく、そんな性格だ。

例えば、満員電車。
運よく座席を確保し、仕事帰りのくたくたの身体を、小気味良い揺《ゆ》れに委ねる。
駅で停車し、自分の座席に一番近い入口から、老人が乗ってきた。
僕は横目でそれを確認して、心の中で全力で願う。
どうかこっちに来ませんように。

ところが老人は吸い寄せられるように僕の前にやって来て、重そうな荷物を持ったまま、棒のような両足で立ち尽《つ》くす。

やがて電車は出発し、その反動で老人の細い足がトタタと不規則なタップを踏《ふ》む。

僕の頭は全力で、『正しいこと』をすべくおろおろと惑《まど》い始める。

席を譲《ゆず》ればいいのだ。

颯爽《さっそう》と立ち上がり、「どうぞ」と笑って促《うなが》せば済む話だ。

周りの皆《みんな》も、いつ僕がそうするのかと、無責任に待っているはずだ。


でも、考える。


もしも僕が立ち上がり、「どうぞ」と右手で促した瞬間《しゅんかん》、老人が怒《おこ》ってしまったらどうしよう。

「わしゃ席を譲られるほど年老いとらんわ!!」

怒らないまでも、

「いやいやお構いなく」

と笑顔もなくそっぽを向かれたら。

或《ある》いは、

「次の駅で降りますからけっこう」

そう切り捨てられると、かなり虚《むな》しい。


職場でもそうだ。

僕の席の背後に並ぶキャビネットを、右から左へバッタンバッタン開閉しながら、誰《だれ》かが何かを探している。

明らかに急いでる様子で、必死さが伝わってくる。

僕は内心「声をかけて手伝うべきだ」と思う。

周りの仲間達もきっと、一番近くにいる僕が率先して手伝えばいいと感じているのだ。

でも、考える。


もしも声をかけて、「あ、別に自分で探せるから」と断られたらどうしよう。

それとも、僕の知らない書類を探していたらどうしよう。

お節介《せっかい》者だと思われたり、無知だと思われたり、声をかけたことによって僕のイメージが落ちたらどうしよう。

かといって、声をかけないことで周囲に冷たい人間だと思われる可能性もある。

電車の中でもオフィスでも、こんな逡巡《しゅんじゅん》のせいで何も出来ず、結果『気の利かない奴《やつ》』という位置にいるのだ。


自分を変えなきゃ。

最近はよく、そう思う。

自分自身が『こうしたい』と感じたことを、真っ直ぐに実行しよう。

周りの視線なんか気にしない。

周りがどう思うかなんて関係ない。

僕が客観的に思う【こうすべきこと】は、一般《いっぱん》的なデータを元にして作り上げた、他人目線の【良い人の行い】だ。

時と場合と相手によっては、イレギュラーだってあり得るわけで。

僕自身の直感を信じて、左右も後ろも振《ふ》り返らず進むべし。

……そんな風に決意していた時のこと。

僕は、落とし物を拾った。


いつもの出勤時間。

電車を降りて、徒歩で五分ほどの職場へ向かっていた。

唯一《ゆいいつ》の交差点の、三角形の安全地帯。

車が流れる川の中に浮《う》かぶ島みたいなこの場所に、普段《ふだん》見慣れない物があった。

そこにあるのは不自然だけど、なぜか妙《みょう》に場に馴染《なじ》んでいて、誰も気にする様子がない。

それは大きな黒い鞄《かばん》で、見ようによっては「ちょっと置かせてね、すぐ取りに戻《もど》るからさ」みたいな雰囲気《ふんいき》。

僕は鞄の横に立った。

見たところ、際立った装飾《そうしょく》はない。

平凡《へいぼん》な布製の、少し大きめなスポーツバッグみたいだ。

顔を上げて辺りを見渡《みわた》す。

誰もこっちを見ていない。

同じ進行方向で信号待ちしている車の運転手も、ルームミラーを見ながら鼻毛を抜《ぬ》いているだけ。

もう一度鞄を見下ろす。

これは、落とし物だろう。

こんなところに『ちょっと置いていく』ハズがない。

周辺にはお店もないし、電話ボックスもない。

と、安全地帯に自転車が入ってきた。

僕は咄嗟《とっさ》に顔を上げ、信号を見上げた。

素知らぬ顔で口笛でも吹《ふ》こうかとバカなことを考えて、あれは漫画《まんが》の世界だと頭《かぶり》を振る。

やがて信号が青になり、自転車は鞄に見向きもせず安全地帯から向こう岸へ渡って行った。

これは、落とし物だ。

しかも、誰も気づく様子がない。

取りに戻ってくる人の気配もない。

三度も信号を見送って待ったのだから、間違《まちが》いない。

僕の心臓は暴走した。

鞄に手を伸《の》ばした。

「なにするんだ泥棒《どろぼう》！」

なんて声がかかったらどうしよう。

鞄を持ち上げた。

随分《ずいぶん》重たい。
いや、めちゃくちゃ重たい。
でも声はかからない。

考える。

もし走ったりしたら、無駄《むだ》に怪《あや》しまれるかもしれない。
背後から誰かが追いかけてきたらどうしよう。
いや、僕は何も悪いことをするわけじゃないから、堂々と歩いて交番へ向かえばいい。
自然と早足になるのを意識しながら、それでもなんとか、警察署に到着《とうちゃく》した。
そう、幸いにも職場のすぐそばに、この市の管轄《かんかつ》の警察署があったのだ。

警察署の雰囲気は苦手だ。

正面入口の左手が駐車場《ちゅうしゃじょう》で、そこには三台のパトカーが並んでいる。

揃《そろ》いも揃って僕を睨《にら》み付けているように感じるのは、まあ、完全に気のせいだ。

別に悪いことをしてるわけじゃない、と何度も自分に言い聞かせて、ゴクリと生《なま》唾《つば》を飲み込《こ》んでから、一歩を踏み出した。

中に入ると、やたら長いカウンターが左右にツーーッと広がっていた。

その奥《おく》では、やいのやいのと忙《いそが》しそうに、制服を着込んだ男女が働いていた。

この忙しさが本物ならば、この街は物騒《ぶっそう》な問題を沢山抱《たくさんかか》えていることになりはしないか。

などと、少し不安になる。

向かって右手のカウンターでは、若い女性警官が老人を相手に声を張り上げている。

「眼鏡はもってないんですかー!? あのね、この検査に合格しないとー、免許証《めんきょしょう》は更新《こうしん》出来ないんですよーう!」

どうやら運転免許の更新に訪れているらしい老人だが、視力検査に通らない様子。

お気の毒と思いながらも、その付近から離《はな》れたカウンター越《ご》しに、奥へと声をかけた。

「すみません、落とし物を拾ったのですが」

すると近くの女性が顔を上げて、驚《おどろ》くほど無愛想に、向かって左手を指差した。

「落とし物の係はあちらです」

「分かりました」

頷《うなず》きながらも僕は僅《わず》かに、胸にざらつきを覚える。

警察署を訪れる人間は皆、何か悪さしたかのような前提のあの視線。

わざわざ落とし物を届けに来たと、そう言ってるのに、なんだあの態度は。

僕は善良な市民なんだぞ、多分。

腹を立てても仕方ないので、言われた通りに左へ進むと。

カウンターとは別に小さな窓口があり、僕の父親より少し若いくらいの男性が手招きしていた。

この場所だけはオープンになっておらず、広いロビーの一角に小部屋があって、小さな窓から顔を突《つ》き合わせる。

宝くじ売り場や、駅の対人切符《きっぷ》売り場のような感じだ。

「あの、この鞄を拾ったのですが……」

「はいー、じゃあその丸椅子《いす》に座っててねー。どの鞄ー?」

促された丸い椅子に座って、僕は鞄を差し出した。

「はいー、なら、今からあなたの前で中身を確認しますねー。見てて下さいねー」

見てろと言われても。

なんだこの展開は。

落とし物を拾って届けたのは初めてだから、こんな手続きをするなど知らなかった。

「うわっ! これー、ちょっと、凄《すご》いかもー」

ファスナーを乱雑に流した警官が、ギャルみたいな反応で周囲を驚かせた。

僕は慌《あわ》てて身体を乗り出す。

そして僕も、驚愕《きょうがく》した。

鞄の中身は、お金だった。

それも、大量の。

数万、数千万、いや、それ以上かもしれない。

とにかく、テレビドラマでしか見たことのない札の束が、わっさわっさと詰《つ》まっていた。

そりゃ、重たいはずだ。

「ちょっと居村《いむら》さーん！　手伝ってこれー！　凄いよー！」

小部屋の中からカウンターに向かって声を張り上げると、一人の女性が立ち上がって、裏から小部屋にやって来た。

居村さんは、鞄の中を見て「ひえっ！」と悲鳴を上げた。

人が「ひえ」と明確に発音したのを、僕は初めて見た、否、聞いた。

僕の目の前で札束の計算が始まった。
おそらく一束百万円。
それが、次から次へと山積みされていく。
恐《おそ》ろしい。
僕は一体何を、何の陰謀《いんぼう》を、何の事件を拾ってしまったのだろうか。
カウンターからの視線が背中と横顔に突き刺《さ》さる。
今この警察署で突如《とつじょ》発生した事柄《ことがら》。
原因となった僕を見る、警察の人々の目が怖《こわ》い。
後ろを振り返ると、さっき老眼で苦労していた老人までが、僕を見ていた。
僕は何もしていない。
ただ鞄を拾っただけだ。

やがて数分が過ぎた頃《ころ》、居村さんが叫《さけ》んだ。

「お、おお、おく、一億ありますよ村尾《むらお》さんっ!!」
一斉《いっせい》に、フロア全体の視線が村尾さんに向かった。
『全員』じゃない。
正に、全体がガチリとこっちを向いた。
やがて視線は村尾さんから、あの黒い鞄から出てきた札束へ。
そうして最後に、僕へと移った。
なぜ僕を見るんだ。
僕に何を見出そうとしているんだ。

考える。

僕が一億円という大金を拾った事実を、ニヤニヤと喜んでいるかどうか確認したいのか。
ラッキーだと舞《ま》い上がっているかを確認したいのか。

ほくそ笑みながら密《ひそ》かにガッツポーズしているかを確認したいのか。

僕はそんな浅ましい人間じゃない。

喜びよりも恐ろしさの方が格段に上だ。

普通に路上に置いてあったことに乾杯《かんぱい》だ。

いや間違えた、心配だ。


「えーと、ね。君が拾ったこの鞄の中身、一億円だった」

「今朝の朝食は食パンでした」みたいな口調で村尾さんが改めて報告した。

どことなく村尾さんの視線が、値踏みするような上目遣いに変わった気がする。

隣《となり》で居村さんも同じような目をして立っている。

「とりあえず、簡単な書類作成するから、座って?」

僕はいつの間にか立ち上がっていたようだ。

だから視線を浴びたのだろうか。

ネズミ色の小さな丸椅子を右手で引いて、そっと腰《こし》を下ろす。

カタカタ椅子が鳴ったのは、右手が震《ふる》えていたからに違いない。

「はいこれ。まず君の名前と住所と連絡《れんらく》先を記入してー」

僕は言われた通り、書類なら基本的な内容を記入した。

僕の字は、枠《わく》からはみ出したことがない。

いつも枠より小さく、豆粒《まめつぶ》のようだ。

字は体を表すとはよく言ったもので、字の小ささは、気の小ささを表しているのだろう。

ならば無理にでも大きく書けばいいだけの話だが、『気は小さいくせに字だけはデカイのか』と思われそうで、『気』が伴《ともな》うまで書けそうにない。

「はーい。次、この鞄はどこで拾ったー?」

僕からボールペンを取り上げた村尾さんは、自分の鼻先をボールペンで掻《か》きながら訊《たず》ねた。

「あの、天寿橋の交差点の、安全地帯です」

「何時ごろー?」

「今から数分前なので、えっと……」

「んー、だいたい八時十分ねー」

あ、大変だ。

大切なことを忘れていた。

仕事に遅刻《ちこく》する。

「はい、でー。君にはね、二つの権利が発生するわけよ」

「権利、ですか……?」

「そ。報労金を受けとる権利とー、拾得物の所有権」

ホウロウキン……て、なんだそれ。

「まー要するに、落とし主が見つかった際に、その落とし主から報労金として五パーセントから二十パーセントのお礼が貰《もら》える権利ねー」

「五百万から二千万です!」

うるさいな、居村さん。

「で、次の所有権なんだけどー。三ヶ月待っても落とし主が現れない場合、そっくりそのまま拾得物が拾得者のものになるっていう権利ねー」

「一億です！」

言われなくても、分かっている。

これは一体どうしたことだ。


僕は考える。


駆《か》け足から全力疾走《しっそう》になった心臓。

口の中が一瞬で渇《かわ》きゆく。

「で、この権利ってやつ、放棄《ほうき》も出来るんだわ」

「へ？」

すっとんきょうな返事が僕の口から飛び出した。

放棄、って、その通りの意味か。

目を点にする僕を覗《のぞ》き込むように、小窓の向こうで居村さんと村尾さんが顔を並べている。

二人の表情は何だかプロの刑事《けいじ》のようで、恐ろしくて堪《たま》らない。

刑事にプロもへったくれもないが。

それにここは警察署なのだから、プロの巣窟《そうくつ》だ。

「報労金の権利を主張する場合はねー、落とし主に君の個人情報を教えちゃうから。

まー、要するに、落とし主と君との問題になってくるわけで。連絡を取り合って、いくら払ってもらうか話し合って、そっちで解決してねってことー」

「え⁉ 警察は⁉」

「関係なーい。あくまで落とし主に拾得者の連絡先を教えてあげて、『ちゃんとお礼しなさいよー』って言ったげるだけ」

え？ そうなのか。

え？ 個人情報？ つまり、住所や電話番号を教えるということ。

考える考える。

もし落とし主がヤクザとか、何か危険なご職業の方だったらどうしよう。

『報労金だ⁉ んなもん、俺様の小指でもくれてやる！』などと、血なまぐさいものを投げつけられたらどうしよう。

いや、仮にとても良い心の持ち主のヤクザだったとして、気前よく報労金をくれたとしても。

一億円という大金を拾って届けた恩人である僕を、兄貴と慕《した》って付きまとわれたら大変だ。

「けけっ、権利を放棄したら、どうなるんですか？」

「何のー？」

「だから、報労金の。その場合は、僕の情報は警察どまりですよね？」

「もちろん。落とし主が現れたら、拾得者は『礼はいらないよ』と去っていきましたと、美談を語りますねー」

美談なんてものではない。

ヤクザなんかに連絡先を握《にぎ》られてたまるものか。

「報労金を受け取る権利は、ほっ」

「ほ?」

「放棄します」

「はいー、報労金の権利は放棄、っと」

まるで弾《はず》むような口調で、村尾さんは書類に丸を描《えが》いた。

それからすぐまた、僕を上目遣いで見上げた。

「落とし主が現れた場合さ、うちから君への『無事見つかったよー』の連絡は、いるー?」

「……け、結構です」

わざわざヤクザの存在の報告など、ご遠慮《えんりょ》願いたい。

「で? もう一つの権利は?」

「もう、一つの、権利……」

「そー。三ヶ月待っても落とし主が現れない場合、この一億円、君のものになるのー。所有権が君に移るのー。凄いよね、一億円っっ！　一億円だよーっっ!!」

村尾さんの強調で、また警察署全体がこっちを向いた、気がした。

このおじさんには悪意を感じる。

皆が。

皆が僕を試している。

そして、皆が僕の顔を目に焼き付けている。

あいつが一億円を拾ったラッキーな奴だと、噂《うわさ》はあっという間に広がるだろう。

一族郎党《ろうとう》が一気に膨《ふく》れ上がるに違いない。

一億円。

一億円の所有権。

僕はどうすれば。

「もうこれが手続きの最後の項目《こうもく》なんですよー。所有権、どうしますー?」

世界中が固唾《かたず》を呑んで見守っている。

カウンターの向こうのプロ達も、免許の更新に訪れた老若男女も。

『どうするつもりなのかしら、人が落とした一億円を自分のものにするつもりなのかしら』

皆がそう思っている。

たとえ手に入れたとしても、どこかに寄付しろよ、とまで聞こえる。

浅ましい人間じゃないと胸を張りつつ、いざ一億円の所有権を問われると揺れる心。

三ヶ月以内に落とし主のヤクザが現れて、僕に所有権が移らない可能性の方が圧《あっ》倒《とう》的に高いというのに。

この書類の、所有権を得る方に丸をして、さっさと去ってしまえば済む話。

なのに僕には勇気がないし、度胸がないし、とにかくもう、皆の声が恐ろしい。

この権利を得る権利が僕にはあるというのに。

好奇《こうき》と妬《ねた》みと蔑《さげす》みに渦巻《うずま》く、皆の視線が恐ろしい。

考える、考えろ。


この一億円が綺麗《きれい》なお金ではなかったらどうする。

相応の銃器《じゅうき》やお薬が姿を変えたものかもしれない。

その銃器や薬で犯罪が犯されれば、僕はその共犯者になりはしないか。

常識で考えて正当なお金じゃないだろと、皆が思っているに違いない。

『共犯者っ！　共犯者っ！』

背後で誰かが声を上げると、やがて皆が揃って叫び始める。

のも、時間の問題だ。

「ほ」

「ほ?」

村尾さんと居村さんが、僕に向かって右の耳を傾《かたむ》けた。

「ほう」

「ほう？」

警察署内に存在する全てのものが、僕に向かって耳を傾けた。

「放棄します」

警察署を出た僕は、軽くて茶色い小さな鞄から、スマホを取り出した。

急いで職場に電話しなければならない。

就業時間が、五分も過ぎた。

［5分間で心にしみるストーリー］

Hand picked 5 minute short,
Literary gems to move and inspire you

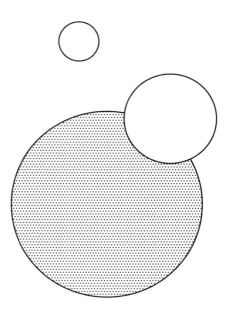

秋の学校で。

三朗・G

文化祭　―二週間前―

窓の外に目を向けると、紅色の葉が、ひらひらと落ちていくのが見えた。

一枚、二枚、三枚――

それらは時折窓にぶつかったり、身を翻《ひるがえ》して回ったりしながら、ゆっくり、それでも確実に、静かに地面へ向かって降りていった。

机に肘《ひじ》をつきながら、ふ、と息を吐く。

一年というのは、本当に、あっと言う間に過ぎてしまう。

こちらの意思や覚悟《かくご》とは無関係に、月日は巡《めぐ》り、流れていくのだ。

「――あ、天野《あまの》教官。わたしたち、そろそろ『寮《りょう》』に戻《もど》りますねー」

「はい。お疲《つか》れさま」

「天野教官、明日もよろしくお願いしまーす！」

「はい。さようなら」

礼儀《れいぎ》正しく、そして規則正しく教室から出ていく生徒たちの姿を横目に、わたしは机の上に置いてある『成績表』に視線を移した。


わたしが見てきた、生徒たち。

ここには、この一年間の、彼らの『成績』が記録してある。

ページを開こうと、指を動かす。

けれど、わたしは途中《とちゅう》でそれを止めて——教室の中を見回した。

——しずかな、教室。


夕陽に染まるその部屋の一番後ろの席には、ひとりだけ、机に伏《ふ》した状態で微動《びどう》だにしない生徒がいた。

「…………」

無意識に、ため息が漏《も》れてしまう。

彼の『番号』は、Ｚ-０３１。

このクラス唯一《ゆいいつ》の、『出来損ない』である。

「――Z-031、起きなさい」

「……………」

「起きなさい、031」

「……いってえ!!」

成績表の角で頭を数回つついたところで、031はようやく目を覚ました。

いったい何が起きたのか分からない、というふうに、目を大きく見開いて、顔をきょろきょろと動かしている。

――目が合う。

人間離《ばな》れした、整った顔立ち。

「なんだ、先生か」031は安心したような寝《ね》ぼけたような声を出して、また眠《ねむ》ろうとする。

わたしは031の頭を叩《たた》いた。

「起きなさい、０３１。他の生徒たちは、もう全員寮に戻りました。戸締《とじ》まりがあるから、あなたも早く教室を出なさい」

「なんでだよ。先生、昨日は俺にだけ『帰るな』って言ったくせに」

「居残りでしょう。あなただけテストの成績最悪だったから」

「でも俺、まだ眠いんだけどな」

「だったら、寮に帰ってから寝なさい」


――というより、そもそも何が『痛い』というのだ。

何が『眠い』というのだ。

ロボットのくせに――

――

――

今や、『ロボット』という存在は世界中に広まり、別段珍《めずら》しいものではなくなった。

さまざまな形、さまざまな機能を搭載《とうさい》したロボットが存在し、無論『ヒューマノイド』と呼ばれる人間型のロボットも少なくない。

中でも特に好まれているのが、AI——すなわち人工知能を搭載したロボットだ。

基本的な機能をベースに、見聞きした情報を記憶《きおく》、処理し、まるで人間のように『成長』していく。

まさに、最先端《さいせんたん》のロボットと言える。

ただし、その高度な性能故、『不良品』、『欠陥品《けっかんひん》』が出ることも多く、AIが搭載されたロボットは工場から直接市場に出回ることはない。

ロボットたちには一定の期間、具体的には約一年という間、専用の学校で『学習』してもらい——その間に個々の個性や基本的な情報を把握《はあく》し、それを『成績表』というカタチで書類にしておくのだ。

そして、生徒たちがいざ『販売《はんばい》される』となった時、客たちはビジュアルの他、この書類も加味して、どのロボットを買うか考えることになる――

――


「――ねえ、先生」

ふと、顔を上げる。

０３１はいつの間にか席を立ち、窓を開けて、外の景色を眺《なが》めているようだった。

冷たい風が部屋の中に入り、それが、０３１のシャツを揺《ゆ》らしている。

彼の目には、この色づいた美しい木々たちが、景色が、どんなふうに映っているのだろうか。

「――先生。もうすぐ、お別れだね」

やわらかな、声。

その言葉に、わたしは喉《のど》を鳴らす。

動揺する気持ちを悟られないよう、小さな声で、「そうね」とだけ返した。

そして、031の言葉を反芻《はんすう》する。
――『お別れ』。
それは、『どちらの意味になるだろう』。
す、と031が振《ふ》り返る。
彼は目を細めて、静かに微笑《ほほえ》んでいた。

文化祭 ―一週間前―

――

教室の中に、かつ、かつ、という乾《かわ》いた音が響《ひび》く。
チョークと黒板とが擦《こす》れる音である。
電子黒板が主流となっているこの時代でも、まだ一部の学校では、こうして旧式の黒板が使われていたりする。
ましてこの学校の生徒たちは、全員ロボットなのだ。
ロボットのためにお金をかけて設備を整えては本末転倒《てんとう》である。
――『文化祭』。
黒板の真ん中に大きくその文字を書き、わたしはそれを仰《あお》いだ。
それを見た教室中の生徒たちが、ざわざわと話を始める。
「静かに」わたしは強い口調で言って、その文字をチョークの先で叩いた。
「――皆《みな》さんもう知っているでしょうけれど、『文化祭』の時期が迫《せま》ってきています。
『いったい何をやるか』――というのは各々考えていたこととは思いますが、今日は
プリントを用意してきました。
ここには、去年や一昨年、文化祭でどんなことが行われたか、特にどんなものが
人気だったのか、というのが書いてあります。
もし何も考えていなかった、というヒトがいたら、是非《ぜひ》参考にしてください。
――逆に、何か考えていた、というヒトでも、一度は目を通しておいてください

ね」

　では、現時点で何をやるつもりなのか、アンケートを取ります。

　そう言って、わたしは藁半紙《わらばんし》を生徒たちに渡《わた》した。

　配られたとたんにペンを走らせる生徒。

　先ほど配ったプリントを見ながら、少し考えるような素振りを見せる生徒。

　他の生徒と相談を始める生徒。

　こうして見ると、本当に本物の人間のようだ――

「…………」

　視線を動かす。

　一番気になっている生徒――Z-031に目を向ける。

　031は、もうすでにアンケートを書き終わっているのか、四つ折りになった紙を机の隅《すみ》に置いて、目をつむっていた。


――

「──おお、天野」

廊下《ろうか》で名前を呼ばれたので、振り返る。

すると、そこには須藤《すどう》チーフの姿があった。

「須藤チー……」言おうとした途中で止め、「……校長」と言い直す。

そんなわたしを見て、須藤チーフは高らかに笑った。

「別に周りに生徒らがいるわけでもないんだし、どう呼んでもいいよ。チーフだろうが校長だろうが、部長だろうが大統領だろうが」

「……はあ」

「ちなみに私、友人たちからは『すどぽん』って呼ばれている」

「ゴロ悪いですね」

「うん、私もそう思う」

苦笑していると、何か違和感《いわかん》でも感じたのか、チーフがわたしの顔をのぞき込《こ》んできた。

「どうした？　元気なさそうだな。何か――」そこまで言ったところで、「ああ」と勝手に納得してくる。

「『彼』のこと、か」

わたしは、小さく首肯《しゅこう》した。

チーフは何も言わず、わたしが腕《うで》に抱《かか》えていた成績表をつかんで壁《かべ》に寄りかかり、そのページをぺらぺらとめくり始める。

その手が止まった。

「――製品番号、『Ｚ‐０３１』。肉体年齢《ねんれい》十八歳《さい》前後の青年、オトコ型。他のＺシリーズの生徒に比べると学習能力悪し、運動能力悪し、と。なるほどな」

「――それだけじゃありません。性格や言動も突出《とっしゅつ》しています」わたしは、つけ加えるように口をはさんだ。

「どんなに言っても敬語を使おうとしませんし、他の生徒はわたしのことを『天野教官』と呼ぶのに対し、彼だけは『先生』と呼びますし。

……その他、他の生徒たちと比べると、色々な面で違いが出ています。それも、主に悪い方面に」

「いつからそんななんだ？　そいつ」

「彼の自由奔放《ほんぽう》あまのじゃくな性格は、初期からですね。

……まあ、それはそれで、ある意味凄《すご》いことのような気もしますけれど」

「『商品』としては最悪だがな」

チーフは、ふん、と鼻を鳴らした。

技術者の話によれば、生徒たちの基本となる性格や能力というのは、製品シリーズや初期プログラムの乱数、その組み合わせによって微妙《びみょう》に変わる。らしい。

その『微妙』という言葉がどこからどこまでの範囲《はんい》を指しているのかは皆目見当もつかない。

けれど、確かに生徒たちには、それぞれ、さまざまな違いが見て取れる。

これを『個性』と言ってしまえば聞こえはいいし、何よりそれが『ウリ』でもあるわけなのだが——結局は、『良い』生徒から順に売れていく。

そして、『変わった生徒』——教官間で『不良品』や『欠陥品』と呼ばれる生徒は、売れ残る。

毎年、そうなのだ——

「……そう言えば。君のクラスから不良が出るのは、これが初めてになるのか」

ぼんやりとした口調で、チーフが言ってくる。

「まあ、あまり気にするなよ。

そもそも変なヤツが誕《う》まれるのはプログラムのせいで、君の責任じゃないしな」

「……。けれど、わたしが無意識の内、教育している上で彼になんらかの影響《えいきょう》を与《あた》えてしまった、という可能性はあります」

わたしたちは、生徒たちに『教官』と呼ばれている。

しかしそんなものは名ばかりで、普通《ふつう》の学校の教師とはまったくの別物と言っていい。

時期が来たら、時期に合わせ、マニュアルに書かれていることをただ機械的に生徒たちに叩き込み、その結果を記録するだけである。

製品として売り出す前に影響を与え過ぎると、『成長』してしまい、売り物にならなくなる可能性が出てくるからだ。

しかし、所詮《しょせん》わたしは人間でしかない。

生徒たちには同じように接しているつもりでも、それはあくまで『つもり』であり、百パーセント同じに接することが出来ているか、と聞かれたら、おそらく出来ていない。

少なからず、偏《かたよ》りは生まれているだろう。

「……で、その031、ひとりだけおかしくなった可能性もあるって言いたいのか。ありえないと思うがね」

「……。そうでしょうか」

「ありえないね。仮に、万が一そうだとしても、君が気にやむことはない。どの道AI搭載ロボットに、不良はつきものだしな。

……それに、相手はあくまで家電。人間じゃない。

犬でもなければ猫《ねこ》でもない。生き物じゃない。テレビや電子レンジの部類だ。

売れなかったら、スクラップにして他の機械の部品にするなり、安価で海外に売り飛ばすなり、方法はいくらでもある」

その言葉に、わたしは下を向いた。

チーフは持っていた成績表をわたしに手渡して、わきを通り過ぎる。

「——天野。分かってるとは思うが、これはビジネスだ。慈善《じぜん》事業じゃない。

利益になるロボットを作り、利益にならないロボットは、即刻《そっこく》製造を中止する。

もちろん、不良品は捨てる。これまでも、この先も。それの繰《く》り返しだ」

もしそれに耐《た》えられないのなら、この業界から抜《ぬ》けろ。

チーフはそれだけ言い残して、わたしのもとを去った。

――


教室に戻ると、生徒がひとり、窓際に立っていた。

放課後、教室に残りなさい――そう言っておいたのだ。

――Z-031。

わたしよりも背丈《せたけ》の高い、彼のシルエットが逆光に晒《さら》されて、教室に大きな影を作っている。

031は、何も言わない。

「いったい、どういうつもりなの」わたしは強い口調で言って、031に近づいた。

「……なんの話?」

ようやく口を開いた031に、わたしは持っていた藁半紙を広げた。

今日書かせた、文化祭のアンケート用紙である。

彼の用紙には、何も書かれていなかったのだ。

――『文化祭』。

それは秋のこの時期、そして彼らの教育期間、一年の締めくくりとして行われる、最後の行事。

この日がどれほど大事な日なのかは、当初から口をすっぱくして何度も言っている。

何度も、何度も言っている。

文化祭とは、この学校に『客』が来る、最初で最後の日。

つまり、『販売日』のこと。

歌でも、踊《おど》りでも、料理でも、話でも、ひとりでも、団体でも、なんでもいい。

なんでもいい。

とにかくなんでもいいから、何かやって、自分の良さを客たちにアピールし、買ってもらえるよう、頑張《がんば》る、日。

生徒たちは、この日のために、この日のためだけに、一年間学校で教育を受けるのだ。

——もうすぐ、『お別れ』だね。

彼の言葉が、よみがえる。

もし、誰《だれ》かに買ってもらうことが出来たら——それは、最高の『お別れ』になる。

けれど、もし誰にも買ってもらえなかったら。

それは、最悪の『お別れ』になってしまうのだ——

「……どうしてなの」わたしは、震《ふる》える声で言った。

「あなたは、買われたくないの？　買ってもらいたくないの？

それが、どういうことか、分かっているの？

——もし、誰にも買われなかったら、あなたは——」

そこまで言って、ぐ、と押《お》し黙《だま》る。

031は、まるで他人事《ひとごと》のようにわたしの話を聞いて——そうして、「先生」と小さな声を出した。

「……ねえ、先生。先生の、先生にとっての、『幸せ』って何？」

「え……？」

唐突《とうとつ》の質問に、わたしは驚《おどろ》いて顔を上げる。

幸せ――言おうとして、唇《くちびる》を結んだ。

「……教育上、関係のない質問には答えられません」

「教えてよ」

「…………」

黙っていると、031はふっと相好を崩《くず》して、そのまま遠くの空を見つめていた。

「――先生。俺、考えたんだよ。『俺の幸せってなんだろう』って。

みんな、先生の話を聞いて、『誰かに買ってもらうことが、それこそが自分の幸せなんだ』なんて漠然《ばくぜん》と考えてるみたいだけどさ。俺はそうは思わないよ。性格悪そうなオバサンとか、気持ち悪いオッサンとか、そんなヤツに買われて、幸せになれるなんて思わない。

ロボットは、自分の幸せを望んじゃいけないのかな。

俺、ロボットだけどさ。やっぱり幸せになりたいよ、先生。

人生、一度きりなんだから」

そこまで言ったところで、031は頭を掻《か》いた。

「ロボットなのに、『人生』って言葉を使うのは変か」と笑う。

わたしは言葉を失いかけたけれど——かろうじて、声を出した。

「あなたにとっての、『幸せ』ってなんなの……?」

言いながら——わたしは彼の、成績表のことを考えていた。

彼は、成績の良い生徒が優先的に、客に『買われる』ということを知っているのではないか。

彼は、本当に『出来損ない』なのか——?

「先生。

俺の、幸せはね――」

文化祭 ―当日―

――

――


「――天野教官、今まで本当にありがとうございました―！」

「ええ。これから新しい生活が始まるけれど、頑張ってね」

「はい！　頑張ります！」

あちらこちらから、明るく楽しい音楽が聞こえてくる。

そんな中、目の前で嬉《うれ》しさのあまり泣きそうな顔をしている生徒の手を、わたしはそっと握ってあげた。

そうして、となりで満足そうに微笑んでいる客にも、会釈《えしゃく》をする。

客と、生徒。

そのふたりの背中を見送り、名簿《めいぼ》にボールペンで『契約完了《けいやくかんりょう》』のチェックマークをつけた。

ふう、とひと息つく。

辺りを見ると、陽は沈《しず》み、もう暗くなってしまっていた。

今、何時になるのだろう。

そんなことを考えていると、どこからともなく校内アナウンスが流れてきた。

『——文化祭終了の六時まで、残り十分となりました。

まだ「残っている」生徒の方々は、頑張ってください——』

その放送が終わったとたん、例年通り、あちらこちらから叫《さけ》び声のようなものが聞こえてくる。

その声に顔をしかめ、わたしは手元の名簿を見た。

ほとんどにチェックのついた名簿に目を通し――あるところで、目が留まる。

――Z－031……。

もう、文化祭終了十分前になる。

しかし、彼の部分にはチェックマークはついていなかった。


目を閉じる。

わたしは、彼がこの前言っていた言葉を、思い出していた。


――先生。俺の『幸せ』は、俺自身が、心から一緒《いっしょ》にいたいと思える人に買ってもらうことだよ。

俺のことを想って、大切にしてくれる人。

一緒に、生きてくれる人。

俺は文化祭の日、歌も歌わないし、踊りも踊らない。

ただ、歩いて、話して、自分の目で、きっとそんな人を見つけてみせるよ――

「……おう、天野」

顔を上げると、薄明《うす》かりの中、チーフが立っていた。

君のクラスの生徒は、どんな感じになった？　そう言って寄って来るチーフに目を向けて、「あの」と言う。

「なんだ。どうした」

「校長先生。ひとつ、お願いがあるんですけど」

「……ほう？　そうかい天野教官。なんなりと言ってみたまえ」

す、と冷たい空気を吸い込んで、息を吐《は》き出す。

わたしはチーフの顔を真っ直ぐに見つめ、ひと思いに、その言葉を口にした。

「今日、買いたい生徒がいるんですけれど。

なんとか、都合をつけていただけますか——？」

［ 5分間で心にしみるストーリー ］

Hand picked 5 minute short,
Literary gems to move and inspire you

うばすて課

森まる

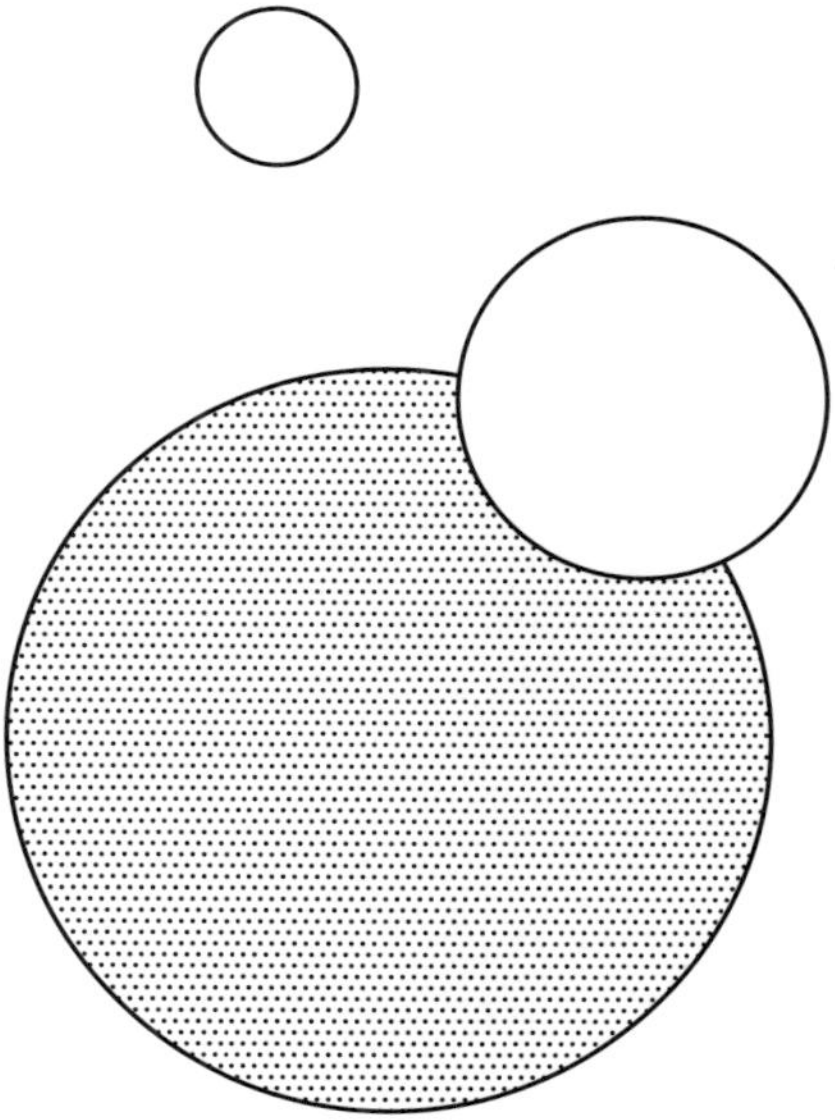

よりによってこんな所に配属されるなんて。

僕って奴《やつ》は、なんてツイていないんだ。


――この課だけは、嫌《いや》だった。


僕の勤める市役所は、平日の早い時間だというのに問い合わせや相談、申請《しんせい》をしにやって来た人々でごった返している。

半年前に建て替《か》えられたばかりの比較的大きな市役所。

ピカピカの真新しい待合椅子《いす》は、ひっきりなしに入れ替わる人間を今日も健気《けなげ》に支えている。

僕は、前の配属先だった『こども課』をうしろ髪《がみ》を引かれる思いで通りすぎる。

こども課は良かった。

妊娠《にんしん》出産に関する手続きや育児についての相談。

トラブルやクレームも少ない。

赤ちゃんを抱《かか》え泣きながら飛び込《こ》んでくる人なんかも時々いたけれど、未来を見《み》据《す》えるこの課にはどこか希望があふれていた。

ずんずんと奥《おく》へと進んでいく。

生活保護申請を行う『生活福祉《ふくし》課』は、役所の中でも奥まった所にある。申請しに来た人が周りの目を気にするからだ。

生活福祉課の前も通りすぎる。

辿《たど》り着いた最奥の一角に、ひっそりといった感じで小さなプレートが下げられていた。


『老者委託《いたく》課』

通称《つうしょう》、うばすて課。

ここが僕の配属先だ。

超高齢化社会《ちょうこうれい》

成人の五人に一人が要介護《かいご》者を抱える時代

需要《じゅよう》と供給のあまりのアンバランスに介護施設《しせつ》へ入る為《ため》の費用は爆発《ばくはつ》的に跳《は》ね上がり、今や相当の金持ちでなければ入ることはできず、自宅介護が主流。

相次ぐ殺人や無理心中に頭を抱えた政府は、『未来ある若者に自由を』という大義名分のもとに、いわゆる〝うば捨て〟を合法化した。

うばすて課という通称は、この政策が介護の必要になった老人を捨てるような非道さを持ち、それが『姥《うば》捨て山』という、村のお触《ふ》れにより老人を口減らしのため山へ捨てに行ったという昔話と類似することに由来する……らしい。

とは言っても、〝捨てる〟というのは少々語弊《ごへい》がある。

ケースワーカーとの面談や家庭訪問後、正式な手続きを踏《ふ》めば『ヘブン』と呼ばれる施設に入ることが出来、介護を国に委託出来るのだ。

このヘブンは完全にオートメーション化された施設であり、家族の見舞《みま》いがない限り人との接触は皆無《かいむ》。管理され、只々《ただただ》生かされるだけ、というやり方に捨てたも同然という反対意見が根強いことも、また事実。

それでも。ここに相談に来る人達のほとんどは、そうせざるを得ない状況《じょうきょう》を抱えているのだ。

しかし費用に関しては全て国が賄《まかな》うのだから、申請を全て受理するわけには当然いかない。

ケースワーカーは面談の中で要介護者の健康状態、介護者の精神状態等からヘブンへの入所の必要性を判断する。

中には金はあるが出したくないという者や、十分介護に耐《た》えうる環境《かんきょう》下にありながら面倒臭《めんどうくさ》いといった理由だけで申請に来る不届き者も確かに存在する。

本当に必要としている者と、そうでない者。それを選《よ》り分けるのが老者委託課……うばすて課だ。

僕は今日からここで、ケースワーカーとして勤務することになったのだ。

「本当に大変なんです、もう、私が死んでしまいたいくらい」

『あのババァ、早々にボケやがって。こんなことならポックリ逝《い》ってくれた方が何百倍もマシだった』

「私は、義母のことを最期まで看とりたいと言ったんです。でも、主人が私を心配してしまって……」

『さっさと申請させろよ。こっちはこれから美容院の予約してんだよ』

うわ……だから、嫌だったんだ。

僕は初日とあって窓口に出ることはせず、カウンターの中で事務処理をこなしながら先輩《せんぱい》職員の対応を見学していた。

パラ……

ハンカチで目元を拭《ぬぐ》う仕草を見せた主婦を前に、先輩はめくった資料を追うばかりで、眼前で展開されている三文芝居《しばい》には目もくれなかった。

「佐藤《さとう》さん……お義母《かあ》さんは要介護認定は受けてらっしゃいますか?」

「え……?　いえ、それはこれからで……」

「病院にも通院されていないようですが」

「病院に連れて行くのも大変なくらいなんです！」

「車を四台保有されているようですね。それも中々の高級車を。これを売れば、施設への入居費用になるのでは？」

「そ、そんなこと！　出来るわけないじゃないっ」

主婦の金切り声に、コツ、コツ、とデスクに突《つ》いていたボールペンをピタリと止め、先輩は言った。

「はっきり言って、お話になりません。国はこのケースに一切金は出せません」


――


「三上《みかみ》さん。ここは全館禁煙《きんえん》ですよ」

僕がトイレから出ると、廊下《ろうか》の隅《すみ》で携帯《けいたい》灰皿を持った先輩が煙草《たばこ》をふかしていた。

「固いこと言うんじゃねぇよ、新人」

先輩である三上さんは三十代後半のベテランケースワーカーで、先ほどの二枚舌主婦を一刀両断した人だ。

噂《うわさ》では、この人はなかなか申請を通さないという。

冷静に、淡々《たんたん》と、選り分ける。

数日前挨拶《あいさつ》のため課を訪れた僕は、とても驚《おどろ》いた。

この人だけ。

読めなかったのだ。


僕の性質上、やりたいかやりたくないかは別として、向き不向きで言えばこのうばすて課はハッキリと。……向いているのだと思う。


物心ついた頃《ころ》からそうだった。

人の心が、読める。

自分の意思とは関係なく次々に流れ込んでくる他人の思考。

この能力のことを話せば、もしかしたら羨《うらや》ましいと言う人もいるかもしれない。

実際のところ、デメリットの方が断然多い。

敵意
悪意
嫌悪
憎悪《ぞうお》

ノーガードの所に飛び込んでくるそれらは、ダメージでしかなかった。

精神的には勿論《もちろん》のこと、あまりに強い思考の場合はあてられて実際に体調を崩《くず》すことだってある。

成長するにつれ多少はコントロールが出来るようになったものの、大手を振《ふ》って使いたい能力じゃない。

だけど、この課ではその能力が役に立つ。

人の汚《きたな》い本音を、嘘《うそ》を、見抜《みぬ》くのだ。

……ああ、なんて嫌な仕事なんだろう。

「三上さんは、嫌にならないんですか」

「なにがだ？」

「この課では、人間の醜《みにく》いところばかりを見るでしょう。嫌にならないんですか」

僕の質問にこちらを向いた三上さんは携帯灰皿に煙草をねじ込んだ。

「初日でもう辞めたくなったか？」

「いえ……」

「お前の心が叫《さけ》んでるぞ。こんな所、まっぴらだって」

「……」

三上さんはフ、と笑って、そのまま課に戻《もど》ってしまった。

▽

僕の初仕事は散々だった。

申請の相談に訪れた男はとても制度を適用できるようなケースではなく、早く年老いた親を捨てて自由になりたいという念だけが渦巻《うずま》いていた。

病院に行くこと、資産整理をして施設入所の金を工面するよう伝えると逆ギレした末に暴れ、警察に連れて行かれた。

「はぁ……」

超高齢化社会は、介護する側の人間の心を相当に蝕《むしば》んだ。

読んでも読んでも出てくるのは私利私欲や保身ばかりで、当の要介護者を気遣《きづか》う者はほとんどいない。

僕が想像していたものより不正申請の数は圧倒的だった。

ここは、どこだ？

色々な手を尽《つ》くしてもどうにもならなくなってしまった人達が、最後の砦《とりで》として頼《たよ》る所ではなかったのか。

深いため息をついた。

「おい、新人」

と、僕を呼ぶ声と一緒《いっしょ》に、僕のデスク上に缶《かん》コーヒーが置かれた。

「あまり感情的になるな。俺達は、冷静に、客観的な目で、ヘブン入所の必要不必要を見極めるだけだ」

「はい。……ありがとうございます」

「ふん、やけに素直だな」

僕は、その三上さんの忠告を本当の意味で分かっていなかったのだ。

そのことを知らしめるように、彼女は僕の前に現れた。


「一〇二番の番号札をお持ちの方、二番窓口にお越《こ》し下さい」

それは、僕がこの仕事にも慣れてきてなんとかやっていけるかもしれない、と思い始めた頃だった。

「よろしくお願いします」

そう小さな声で言って僕の対面に座った若い女性。

う……これは……

「そ、それでは工藤《くどう》さん。申請希望の内容を確認しますね」

書類に記載《きさい》された内容に目を通す。

「はい……」

工藤かすみ 二十九歳《さい》

要介護の祖母と二人暮らし

車なし

その他資産もなし

今まで工藤さんが仕事をしつつ自宅介護をしていたが、病気のため長期入院を余《よ》儀《ぎ》なくされ介護が困難。

他に身寄りはなく、資金面でも、子宮全摘出《てきしゅつ》という手術を受ける工藤さんのその後のメンタル面を考えても、すぐに受理できるケースだった。

「う……」

僕は口元を手で押《お》さえ吐《は》き気を堪《こら》えた。

「どうかされましたか」

工藤さんが心配そうな顔をした。

「……いえ」

「新人、代われ」

「え」

休憩《きゅうけい》時間の筈《はず》の三上さんが突然現れて、僕に無理矢理席を替わらせた。


――


終業後、僕は屋上に呼び出された。

「お前、仕事なめてんのか」

「いえ！　……そんなことは！」

「感情移入するなと、言ったよな」

「はい……」

下を向き、拳《こぶし》を握《にぎ》りしめた。

三上さんには、どうせ分からない。

僕は今日、工藤さんのあまりの想いの強さに気圧《けお》されたのだ。

「明日工藤さんの家に家庭訪問に行く。お前もついて来い」

――この時。三上さんは西日を背にしていたから、どんな顔をしていたのか、僕には見えなかった。

▽

カン……カン……

露出《ろしゅつ》部分がほとんど錆《さ》びて、いつ崩壊《ほうかい》してもおかしくないような階段を恐々《こわごわ》上がる。

カンカンカンカンッ

僕の前を行く三上さんは何も気にしてない様子でどんどん先へ行ってしまい、踊《おど》り場を曲がったところで姿が見えなくなってしまった。

「新人！　トロトロしてんじゃねぇ。さっさと来いよ」

僕を呼ぶ声だけが頭上から響《ひび》いてくる。

「は、はい！」

そうは言っても、相当古い鉄筋アパートの外付け階段は高所が苦手な僕にとって恐怖《きょうふ》以外の何物でもなく、なかなか進むスピードを上げられない。

工藤さん宅はよりによって最上階で、辿り着いた頃には息も絶え絶えだった。

僕は呼吸を整えると、『工藤』と手書きされた表札を確認して、インターホンを押した。

ビーッという音が室内から響いた刹那《せつな》、隣《となり》にいる三上さんが言った。

「心を閉じておけ。飲まれるぞ」

「え？」

ガチャッ

その言葉の真意を確かめる前にドアは開かれた。

「こんにちは。老者委託課の三上です」

三上さんが笑顔で対応する。

「今日はわざわざお越しいただいて、すみません。狭《せま》いところですが、どうぞ」

工藤さんに勧《すす》められ、僕達は部屋へ入った。

そこは八畳《じょう》ほどのワンルームで、その狭いスペースを大きな介護ベッドが占領《せんりょう》していた。

若い女性が居るというのに無駄《むだ》な装飾《そうしょく》品や雑貨などは一切なく、部屋の隅に置かれたポールハンガーに服が三、四着掛《か》けられている他はほとんど病室と変わらないような質素さだった。

「本当に、こんな汚いところでお恥《は》ずかしいです。祖母はご覧の通り今は眠《ねむ》っているのですが、起きれば多少話せます」

工藤さんは小さなコーヒーテーブルの上にお茶を出しながら申し訳なさそうにした。

う。

閉じろ

閉じろ……

三上さんの言った通り、この部屋には工藤さんの強い想いがあふれていて、油断するとすぐに飲み込まれそうだった。

罪悪感

自分に対する嫌悪

悲しみ

恐怖

そして、お祖母《ばあ》さんに対する愛情

この人は、本当はずっと二人で暮らしたいんだ。

自分がどんなに大変でも。

「情けないです……私が病気になったばっかりに、お祖母ちゃんをあんな所にやらなければならないなんてっ」

——工藤さんがそう言ってポロリと涙《なみだ》をこぼした時。

ブワッ
今までにないほど強い想いが洪水《こうずい》のように押し寄せて、一瞬《いっしゅん》で僕を飲み込んだ。

その時の僕はまるで、濁流《だくりゅう》に飲み込まれてどうすることも出来ない無力な小枝で。

そして、工藤さん自身だった。

私が、捨てるの？
お祖母ちゃんを
嫌だ
可哀想《かわいそう》

一緒にいたい
ヘブンなんて
私のせいでっ！

「――おいっ、おい！」
『新人、深呼吸しろ
静かに、心を閉じろ
お前は工藤さんじゃない
いいか、心を閉じろ――』

み、かみ、さん……？

▽

目を開けると、僕は玄関《げんかん》のすぐ脇《わき》に横たえられていて、腹に小さなブランケットを掛けられていた。

しばらく気を失っていたようだ。

まだ体が上手く動かなくて目だけが声のする方を追った。

先ほどは取り乱した様子だった工藤さんもすでに落ち着いていて、それでもまだ涙を拭っていた。

「ヘブンは、あなた方にとって墓場ではないし、地獄《じごく》でもない。あなた方を救うためにある施設です。面会だって出来ますし、もし、あなたにそのつもりがあるなら、前例はありませんが退院して環境を整えた後、またお祖母さんを迎《むか》えに行くことだって不可能ではありません。その時は、私達が力になります」

「ずっ……はい」

「あなたは、何も悪くない。今まで十分頑張《がんば》ってきたのでしょう？　自分をあまり責めないで下さい」

「う、……はい……」

「……そうだよ。あんたはちょっと、頑張りすぎだもの。ちゃんと、自分の体のことも考えなさい」

いつの間に目覚めていたのか、お祖母さんも一緒になって工藤さんを慰《なぐさ》めていた。

「うん……うん。お祖母ちゃん、ありがとう……」

先ほど入り込んできた想いの残りがそうさせたのか。

気がつくと涙があふれていて、僕はしばらくそれを止めることが出来なかった。

そうして、工藤さん達は無事に、というのか。

ヘブンへの入所を決めたのだ。

▽

僕と三上さんは、市役所の屋上にいた。

僕は先日の一件以来、自分の不甲斐《ふがい》なさと情けなさとで借りてきた猫《ねこ》状態だった。

フェンスにもたれながら三上さんは煙草をふかしている。

「新人」

「……はい」

「お前は少し心を閉じる訓練をしろ。……能力の使い方が下手くそすぎる」

「……え？　……の、能力って……三上さん、もしかして、」

「俺は、普段《ふだん》から閉じてる。お前も俺のは読めねぇだろ？　相談者との面談の時だってそうだ。それでもお前の思考はだだ漏《も》れすぎるし、相手の思考にも無防備すぎる」

――絶句だった。

まさか、同じ能力を持った人間がこんな近くにいたなんて。

「まぁ。今回お前は先輩が事前に忠告したにもかかわらず簡単に飲み込まれて訪問先でぶっ倒れるという、最高に間抜けな失態を犯した訳だが、」

「ちょ、三上さんヒド……」

全部事実だけれど！

「……だけど。それが全部悪いって訳じゃねぇ」

「……？」

「なぁ、新人。ヘブンってのは、誰《だれ》にとっての天国なんだ？　まんまと俺らを出し抜いて、介護を免《まぬが》れた奴等か？　それとも、国か？」

今日は携帯灰皿を持っていなかったのか、三上さんはコーヒーの空き缶に煙草を放った。

「ちげぇだろ？　ヘブンは、本当に助けを必要としている人達の、救いの場でなけりゃ意味がないだろ？」

「……はい」

「お前の読心《どくしん》の能力と他人の影響《えいきょう》を受けやすい性質は、諸刃《もろは》の剣《つるぎ》だ。下手すりゃ、お前が先に潰《つぶ》される。救いたければ、見極めたければ、鍛《きた》えろ。それが、俺達の仕事に繋《つな》がる」

「……あの。三上さんは、いつから僕のことを知っていたんですか？」

「この役所も広いからな。半年前の立て替え搬入《はんにゅう》でバタバタしてた時に、資料を探してこども課に寄った」

「その時、読んだんですか?」

「……いや。普段から俺は閉じてるって言っただろ。お前はその時、受付時間外だった電話に長々と捕《つか》まってた」

「はあ……?」

「子育て相談だったんだろうけど、お前は忙《いそが》しい周りを尻目《しりめ》にずっと話を聞いていた。……それが、理由かな」

「い、意味が分からないです……」

「能力は後付けだ。しかも今のところお前のそれはクソの役にも立たねぇじゃねーか」

「う」

その通りすぎて、何も言い返せない……。

「……俺はな、世間でどう言われようと老者委託は、ヘブンは、必要な政策だったと思ってる」

『うばすてなんて言い方が気に入らねぇ』

「工藤さんがそうだったように、本当に家族を想っている人達は制度を使うことを躊躇《ためら》い、楽をしたい奴等ばかりが群がる」

『まずは、その意識を改めさせなきゃならない』

「俺達には、何が出来る？」

『救いたい、その気持ちだけで今までやってきた』

「お前には、このしんどい仕事を続ける覚悟《かくご》はあるか」

『続けるつもりがあるのなら、まずは鍛えろ。宝の持ち腐《ぐさ》れにせず、その能力を生かせ』

「ふ、」

「あん？」

「ははっ」

「……てめぇ、人が珍《めずら》しく真面目に喋《しゃべ》ってるっつーのに、何笑ってやがる」

「はは……三上さん。気持ちが高ぶっているのか、心の声がだだ漏れですよ」

「……！　あちっ、」

三上さんは何を焦《あせ》ったのか、火をつけたばかりの二本目を取り落とした。

「案外、熱い人なんですね。三上さん」

「うるせーよ！　おらっ、休憩時間終わんぞ、新人！」

急な速足で屋上を去ろうとする三上さんを僕は急いで追う。

「あの、三上さん。その新人って呼び方いいかげん止めてもらえませんか⁉」

「ふん！　一人前にやれるようになるまでは新人で十分《じゅうぶん》だド阿呆《あほ》！　ほら、行くぞ」

「……はい、先輩」

西日を受けているからか、否か。

僕には三上さんの耳が赤くなっているように見えた。

すでに心はガッチリ閉じられていて、本当のところを読むことは出来なかったけれど。

――

ピンポーン

建て替えられたばかりの、比較《ひかく》的大きな市役所。

大勢の人で賑《にぎ》わう中、呼び出しのベルが鳴った。

場所は、各課の中の一番奥の奥。

どうぞ一度ご相談にお越し下さい。

ここは、本当に困っているご家族を救う課です。

老者委託課。

通称うばすて課。

僕の職場だ。

「三十五番の札をお持ちの方、二番窓口にお越し下さい」

さぁ、今日も一日が始まる。

［5分間で心にしみるストーリー］

Hand picked 5 minute short,
Literary gems to move and inspire you

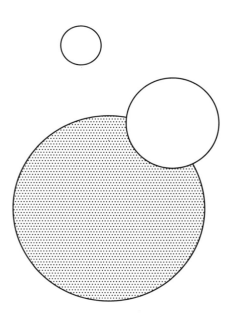

パン以外の何か

アドルフ

灰色の雑居ビルが立ち並ぶスラム街に、キツイ西日が差し込《こ》んでくる。

ビルとビルの谷間に落ちていく太陽のように、俺の命もまた沈《しず》みかけていた。

「べっ！　あぁ、くそっ！　カルト教団共め！」

口の中にたまった血を地面に吐《は》き出し、壁《かべ》にもたれかかる。

今年で二十七年目になる人生で、千回目ぐらいになる下手を打った。

急所は外れてるが、身体はボロボロ。

ご自慢《じまん》の機械義足も膝《ひざ》から下がなくなっている。

やっとこさ路地裏に身を隠《かく》したのはいいが、ここもいつかバレるだろう。

(残弾《ざんだん》は一発、逃《に》げようにも右の義足が壊《こわ》れてやがる………)

退路は断たれ、自力で敵を倒《たお》す術《すべ》もなし。

八方塞《ふさ》がりか………。

ブブブブブッ。

絶体絶命のピンチの中、胸元でスマートフォンが震《ふる》え始める。

（誰《だれ》だ？　かくれんぼの如《ごと》く静かにしとかなきゃいけない俺に、電話をよこしてくるヤツは…………）

壁にもたれかかったまま、胸ポケットからスマートフォンを取り出す。

通話相手を確認してから、汗《あせ》と血で汚《よご》れた手で通話ボタンを押《お》した。

「…………もしもし柳沢《やなぎさわ》？　死にかけの鷹田《たかだ》だ」

『おおっ！　生きてたんか！　吉川《よしかわ》ちゃん！　鷹田が生きとるぞ！』

電話をかけてきたのは、我が悪友の柳沢だった。

相変わらず喧《やかま》しい関西弁だ。

「その様子だと、お前と吉川は生きてるみたいだな？　アジトの連中は何人死んだ？」

『…………〇・五人？』

「なるほど、負傷してるのは、半死状態の俺のみって言いたいんだな」

こんな状況《じょうきょう》でもジョークを忘れないあたり、流石《さすが》は関西人。

でも、ムカついたから後で殴《なぐ》ってやる。

『鷹田が時間を稼《かせ》いでくれたおかげで全員が生き残れたんや。アジトを襲撃《しゅうげき》してきた相手に単身突撃《とつげき》とか、ようやるわー』

「うるせー。一度言ってみたかったんだよ、ここは俺に任せろってよ」

『そんな台詞《せりふ》言ってたっけ？　ドタバタしすぎてて、聞こえてへんわー』

「ふふふっ、お前もったいないことをしたな！　今世紀で最高にカッコイイ男の一番カッコイイ台詞を聞き逃しやがって！」

『それは自己評価が高すぎるやろ！　フハハハ！』

お互《たが》いにケラケラ笑う。

今人生でベストスリーに入るぐらいピンチな場面で笑えている。

そんな余裕《よゆう》が俺を落ち着かせてくれた。

『状態はどうや？　動けるんか？　迎《むか》えはいるか？』

「あぁ、無事な訳な…………いや、ケガはあるが五体満足だバカヤロー、迎えはいらねぇよ。大丈夫《だいじょうぶ》だ」

『…………そぅか、分かったわ！』

ほとんど残ってない気力を使い、明るい声の嘘《うそ》で答えた。

「みんな、例の場所に逃げてるんだよな？」

『そうやで！』

「俺もすぐに向かう。待っててくれ」

『了解《りょうかい》！　はよ来いよー！』

そして、俺から電話を切った。

気持ちを切り替《か》え、顔を上げて目の前を睨《にら》みつける。

「悪いな、わざわざ電話が終わるまで待ってもらって」

電話中に見つかってしまった。

白いスーツを来たカルト教団の信者共が俺を囲んでいる。

傍《はた》から見れば黒のコートを身にまとう俺だけが、くっきりと浮《う》かんで見えるだろう。

いよいよ死のときは近い。

「さぁ、殺せよ」

俺は笑う。

柳沢がくれた余裕が消えないうちに。

死に向かう恐怖《きょうふ》を麻痺《まひ》させるために。

挑発《ちょうはつ》するような笑みを見せつける。

「待ってください。私達は何も貴方《あなた》を殺したいわけではないのです」

俺を囲んでいるヤツらをかき分けて、一人の信者が俺の前に出てきた。

ひょろりと背が高く、メガネをかけて、七三分け。

そんないかにも胡散臭《うさんくさ》い男がニコニコと気色の悪い笑みを浮かべている。

「殺したいわけではない、だ？　お前らの宗教じゃ、他人のアジトに火炎瓶《かえんびん》投げ込むのは愛情表現なのか？」

自分なりに最高のジョークが決まった。

しかし、周りから笑い声は聞こえてこない。

むしろ険悪な雰囲気《ふんいき》が強くなった気さえする。

「手荒《てあら》な真似をしてしまったことは謝ります。しかし、我々は貴方達を助けたいのです」

「助けたい?」

「そうです！　貴方達は、この街で酒やタバコ、ギャンブルに売春とやりたい放題生きている。でも娯楽《ごらく》なんて虚《むな》しいだけです。何も残りません。しかし、神の言葉は心中に残ります。入信して多くの人々と神の愛を受けようではありませんか！」

目はランランと輝《かがや》き、口角は上に目尻《めじり》は下に。

陶酔《とうすい》とはよく言ったものだ。

コイツは信じてるものに酔っ払《ぱら》ってやがる。

「そういう生き方をしてれば、揺《ゆ》りかごから墓場まで笑顔でいられますよ?」

俺にしゃべりかける胡散臭い信者は両手を広げ、きな臭い演説を始めた。

「我々は日本から人の害になる娯楽を根絶させ、日本を美しい国へと変えるために活動しています」

既《すで》に俺の頭の中はハテナでいっぱいだ。

コイツはいったい何を語ってるんだ？

「我が団体は、まだ日本の実権を握《にぎ》って間もないため、このようなスラム街まで尊い思想は浸透《しんとう》していません。しかし、必ずや全ての国民を悪《あ》しき娯楽から神の言葉で救ってみせます！」

「そして、救えないヤツらは殺すんだろ？」

演説の途中《とちゅう》だが、割り込ませてもらう。

胡散臭い信者の顔が一瞬《いっしゅん》の間だけしかめっ面になったのを、俺は見逃さなかった。

「そうやって、いったい何人殺してきたんだ？」

「人殺しではないのです。これもまた救い！　正しき道を逸《そ》れた人が、悪いことをして苦しむ前に、浄化《じょうか》しているのです」

再度、笑顔を作り曇《くも》りなき瞳《ひとみ》で物騒《ぶっそう》なことをのたまう胡散臭い信者。

神の前では、殺しすら神聖な儀式《ぎしき》になるようだ。

「はんっ！　とんだ正義の味方だな！　正直に言えばいいじゃないか、自分達と違《ちが》う考え方をしているのが気に入らないから殺してますってな！」

尻ポケットに突っ込んでいた拳銃《けんじゅう》を引き抜《ぬ》き、目の前の男の額に狙《ねら》いを定めた。

背中は壁に預けたまま、力なき右腕《うで》で照準をあわせる。

「俺達はな、悪びれるつもりもないんだわ。毎日楽しく生きるために、酒を飲み、タバコに耽《ふけ》り、ギャンブルを嗜《たしな》み、娼婦《しょうふ》のネーチャンたちを抱《だ》く。気に入らねぇ男は殺して、気に入った女は抱く」

ここまで言い切ったタイミングで、信者達が俺に向かって銃を構える。

あぁ、もう死ぬな。

俺は死ぬんだな。

「でもよ、お前らといったい何が違うっていうんだ？　自分の勝手で人を殺す俺らと、神の勝手で人を殺すお前ら。まったく一緒《いっしょ》じゃないか？」

強がってはいるが、途端《とたん》に寂《さび》しくなってきた。

もう柳沢や吉川達と会えなくなることが、たまらなく悲しくなってきた。

好き勝手に生きてきた思い出が脳裏をめぐっていく。

しかし、俺は笑顔を崩《くず》さない。

崩せばクソ信者共に負けたような気がするからだ。

「救えないですね。仕方ありません、貴方も浄化します」

「言ってろ………誰かの言葉にすがらないと悪いことも出来ないお前らよりマシだ！」

胡散臭い信者が右手を頭の上まであげた。

アレが振《ふ》り下ろされれば、いくつもの弾丸が俺の身体を穿《うが》つだろう。

まさに神に祈《いの》りたくなる瞬間だな。

こいつらの神様に祈るぐらいなら、豚《ぶた》の神にでも祈るけど。

「助けを乞《こ》わないのですか？『誰か、助けて！』と。まだ間に合いますよ？」

上から目線で胡散臭い信者が問いかけてくる。

「そうだな、誰か酒をくれ！　煙草《たばこ》もないし、あわよくばボンキュッボンな美女も欲しい！」

舌を出して、ふざける。

その様子を見た胡散臭い信者の眉間《みけん》にシワが寄った。

「…………本当にあなたは救いようがない人ですね」

まるで虫けらでも見るような目だ。

「てめーらに救われる程落ちぶれてねぇよ」

「貴方を生かしておくのは世界にとって有害です。よって、浄化を始めます」

そして、男の手が下へと降りる。

なんの躊躇《ちゅうちょ》もなく。

真っ直ぐに振り下ろされた。

空間を切り裂《さ》くような銃声が、路地裏に何回も鳴り響《ひび》く。

ついに左脚《あし》の力が入らないようになり、俺は無機質な地面へと倒れ込んだ。

血の匂《にお》いが辺りに充満《じゅうまん》していく。


「ちく…………しょ…………俺も…………頼《たよ》りねぇ…………………もんだな……」

緊張《きんちょう》がとぎれて脱力《だつりょく》しきった身体。

しかし、まだ口は動く。

「…………………なぁ、柳沢よ？　俺は大丈夫だと言ったはずだぞ？」

「ごめーーん！！！　マシンガンの音で何言ってるか全く聞こえへん！！！」

夢でも見ているような気分だ。

俺の仲間が目の前で微笑《ほほえ》みながら、信者達に向かってサブマシンガンで鉛玉《なまり》をたらふく食らわせている。

あちら側からは悲鳴なり怒号《どごう》なりが聞こえて、実に愉快《ゆかい》な気持ちになった。

「俺は!!　大丈夫だって!!　言ったはずだぞ！！？　痛たたっ！」

柳沢の鼓膜《こまく》に届くように声をはるが、それだけでも傷だらけの身体にはひびく。

「悪いなー、ワテとしたことがツッコミ忘れとったねん。『鷹田の右脚は義足やから元々五体満足ちゃうやろ！』ってな…………よし！　これでスッキリしたわー」

ひとしきり撃ち終えたのか、柳沢は引き金から指を離《はな》し、サブマシンガンの銃口を上に向ける。

「それは俺にツッコミをいれてスッキリしたのか、はたまた信者共を蜂《はち》の巣にしてスッキリしたのかどっちなんだ？」

「両方やな♪　ほれ見てみいや、ワテの渾身《こんしん》のツッコミでシロスケ共が抱腹絶倒やで！　ワハハハハ！」

「…………………あぁ、確かに最高だな。そいつらはもう笑うことはねぇけど。フハハハハ！」

俺と柳沢は、腹を押さえて蹲《うずくま》る信者達を見ながらゲラゲラ笑う。

あぁ、まだ生き延びられそうだ。

仲間と笑い合うことが、生きた心地につながっていく。

「鷹田先輩《せんぱい》は周りにたよらなすぎるんッスよ。スマートフォンのＧＰＳ辿《たど》って迎えに来ましたよ」

「吉川か。俺は前に教えたはずだぞ？　俺を助け起こすなら、その手に安酒をそえろってな」

もう一人の仲間がバッグを担いで現れた。

アジトで一番若い後輩の吉川だ。

「それは申し訳ないッス。安酒はないけど、予備の義足と止血用のテープなら持ってきました」

「仕方ねぇ、今回はそれで良しとしてやろう。寛大《かんだい》な先輩に感謝しろよ？　ほらダンケダンケ言ってみろ」

「こんにゃろめ、恩に対して毒を返してくださりやがる。この死にぞこないの先輩」

俺に悪態をつく吉川の顔は、俺と同じくあくどい微笑みを浮かべている。

「な、な、なんてことを…………」

俺にありがたくもない演説をしてくれた胡散臭い信者には、弾が当たらなかったようだ。

しかし、さっきの威勢《いせい》はどこかに吹《ふ》っ飛んだみたいで、地面に腰《こし》をつき、わなわなと震えていた。

せめて腰についてる拳銃を抜いておけば、格好をつけることができただろうに。

「さてと、次は俺の番みたいだな？」

「ひ、ひぃっ!!」

「さんざん神だの愛だの語ってくれやがって、耳が腐《くさ》って落ちたらどうしてくれるんだ？　なぁ？」

自分で義足を付け替え、吉川にテープで止血してもらいながら、真っ青な顔をした胡散臭い信者に問いかける。

今の俺とヤツは、二人とも倒れているため目線が同じところにある。

つまり、あの状況から立場が同じになったのだ。

「俺らは仲間になれなんて言わない。人にしたくもないことをやらせるくらいなら、関わらないでもらった方がいいからだ。どうだ、優しいだろ？」

止血用テープも貼《は》り終わり、付け替えた義足に力を入れ、立ち上がる。

これで信者と俺の立場は逆転した。

再び拳銃を握り直し、銃口を信者の眉間に向ける。

「だ、だ、誰か、助けて！」

「おいおい、そこは『神様、助けてください』だろ？　大好きな神様に祈りを捧《ささ》げな？」

ゆっくりリボルバーの撃鉄を起こすと、カチリと小気味よい音が聞こえる。

「こ、殺さないで…………」

「これで分かったろ？　俺達は神様が全人類に分け与《あた》える愛を受けるより、目の前に転がってる娯楽を貪《むさぼ》るほうが大切なんだよ」

そして、躊躇《ためら》いなく引き金を引いた。

弾丸は迷うことなく信者の額を貫《つらぬ》く。

「そういう生き方をしてれば、揺りかごから墓場まで笑顔でいられるんだぜ？」

無造作に拳銃を尻ポケットへと突っ込む。

神の言葉で幸せなはずの信者達は、全員が苦悶《くもん》に満ちた顔をして死んでいた。


「あぁー、今回ばかりは本当に殺されると思った」

「その台詞は聞き飽《あ》きましたよ。先輩は馬鹿《ばか》みたいにしぶといッスよね」

「まぁ、しぶとさならワテらの中で一番なのは間違いないわな、ひぃ、ふぅ、みぃ、よぉ…………」

他の仲間達が待っている集合地点へと向かっている。

俺は吉川に肩《かた》を借りてえっちらおっちら歩き、柳沢は信者達から頂いた財布の中身を数えながら歩く。

「結局なんなんッスかねー」

「何がだ?」

「アイツらが盲目的《もうもく》に愛する神様の本質ですよ」

「なんや、吉川ちゃん、哲学《てつがく》にでも目覚めたんか?」

「逆ッスよ…………」

俺を支えて歩く吉川は表情を渋《しぶ》くする。

「姿形がないものに、あれだけ執着《しゅうちゃく》できる精神が理解できないッス」

吉川の言いたいことは分かる。

少し昔なら、金さえあれば娯楽なんて手に入れられた。

しかし、アイツらが日本の実権を握ってから様々な楽しみが潰《つぶ》れていった。

他人の娯楽を奪《うば》ってまで、押し付けたい信仰《しんこう》に疑問を持つのは当然のことだ。

「『人はパンのみにて生きるに非ず』か……」

「なんやそれ?」

「大昔の宗教家の言葉だ。本来の意味は忘れたが、俺なりの解釈《かいしゃく》を述べると——

——」

言葉を区切り、俺は胸ポケットからタバコの空箱を取り出した。

「——信者共の神様ってのは、俺らにとっての酒やタバコと一緒なんだよ」

「すいません。何言ってるか、訳わかんないッス」

「さすがに分かりづらいか。……そうだな、吉川は飯だけ食べられれば生きていけるか?」

「無理ッスね、せめてタバコは欲しいッス」

俺の問いかけにイイ顔で吉川は即答《そくとう》する。

出会った頃《ころ》は、タバコも苦い顔して吸っていたガキだったのに……朱《しゅ》に交われば何とやら。

「そうだろ？　人間はパンだけでは生きていけない。『パン以外の何か』が必要な生き物なんだ」

「つまり、その『パン以外の何か』ちゅうのが、ワテらは『娯楽』、信者共は『神』ってことやな？」

「そういうことだ。信者共は『パン以外の何か』が『神』以外ありえないと考えて、俺達から『娯楽』を取り上げようとしているんだ」

そう考えると、あのカルト教団はかなり身勝手だよな。

俺らは信者共が何を信仰してようと無関心でいるのに、信者共は他人の家にまで押し入って信仰を押し付けてきやがる。

全くもってナンセンスだ。

「…………なるほど、やっぱり分からないッス！」

「もう、分からないままでいいよ。いちいち考えても仕方ない。…………さて、血と汗が流れすぎて体内のアルコールとニコチンが全部流れ出たみたいだ。俺達が信仰しているものを買いに闇市《やみいち》へ行こうぜ！」

「えーなー！　ちょうど戦利品もあるし、ワテもクロキリとエコー買いたいわー！」
「はいはい、まずは鷹田先輩の治療《ちりょう》が先ッスよ」

俺達はパンを食べなければ生きていけない。
しかし、何が正しいか悪いかが曖昧《あいまい》な時代に生きてるんだ。
せめて、『パン以外の何か』ぐらい、自分で選べる世界であって欲しい。
その選択《せんたく》の余地こそが自由であると俺は信仰している。

［ 5分間で心にしみるストーリー ］

Hand picked 5 minute short,
Literary gems to move and inspire you

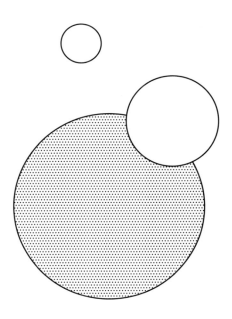

紙ひこうきの見た世界

すぽ

…………

――その日、紙ひこうきは再び空を飛んだ。

大きな三つ編みと黒ぶち眼鏡の、見るからに大人しそうな少女の手から。

なんだか、どこか歪《いびつ》な翼《つばさ》で、ふらふらと。

しかし風に乗って、空に舞《ま》い上がる。

願わくは、どうか、私の思っている人にも届きますように。

そんな少女の想いも一緒《いっしょ》に乗せて――

…………

…………

すこん、と音を立てて、それは少年の額に直撃《ちょくげき》した。

学校帰りの家路。短い髪《かみ》をかきあげながら額を押《お》さえ、いかにも活発そうな雰囲《ふんい》気《き》の少年は、自分にぶつかったそれを手に取る。

紙ひこうきだ。

何の変哲《へんてつ》もない。

強いて言うなら、何となく雑な作りだな、と少年は思う。

白いＡ４サイズの紙で作られていて、紙ひこうきとしては中々大きい気がする。

何度も折り直したかのような折り癖《ぐせ》がついていて、紙自体が少しよれているように見えた。

誰《だれ》が飛ばしたのかと周囲を見渡《みわた》すが、それらしい人影《ひとかげ》はない。

そんなに痛くはなかったものの、何となく腹立ち紛《まぎ》れに捨ててやろうかなどと考える。と、不意に折られた紙ひこうきの内部に文字のようなものが見えた。

首を傾《かし》げながら、少年は不器用に折られた紙ひこうきを開いてみる。

『大切な人のところまで飛びます』

書かれていたのは、そんな文字。

パソコン等で打たれたわけではなさそうな、言うなれば人間の文字だった。

なんのこっちゃ、というのが少年の第一印象。

というより、他の印象なんてない。

全くもって意味不明で、きっと自分には何の関係もないのだろうけど——少年は、紙を丸めて捨てようとした手を止める。

気が引けた。

意味は分からないけど——多分、これを書いて飛ばした誰かは、届いて欲しいと思った相手がいて、まさか本気で届くなんて思ってなかったのだろうけど、そうなればいいと思って、この紙ひこうきを飛ばしたのだと思う。

……あれだな、これじゃあ飛ぶもんも飛ばないよな。

少年は誰かに断りを入れるように一言呟《つぶや》くと、手にした通学鞄《かばん》を作業台にして広げた紙を再び折る。

慣れた手つきで、さっきよりも奇麗《きれい》で真っ直ぐな折り目。いくつも付いた折れ線を丁寧《ていねい》に伸《の》ばしながら。

翼は切れ長に先端《せんたん》に向け真っ直ぐ細く。ごく当たり前の紙ひこうきの形——いや待てよ、と少年は再び紙を広げる。

忘れるところだったのだ。

紙ひこうきの折り方の奥義《おうぎ》を。

もう何年も前に、遠くの大学へと進学した姉。折り紙が得意だった〝姉ちゃん〟と散々試行錯誤《さくご》した、よく飛ぶ紙ひこうきの作り方。

前に再会したのは正月だったかな、以前は何かっていうとすぐベタベタ構ってきたのに、最近じゃめっきり。噂《うわさ》じゃ向こうで彼氏ができたとか。男ができれば冷たいもんだなおいこら——少しだけ機嫌《きげん》を悪くしながらも少年の手は淀《よど》みなく動き、紙ひこうきを作り上げていく。

あれだけ、あんなにいっぱい作ったのだから、今更《いまさら》間違《まちが》えようもない。

先端は鋭《するど》く、しかし主翼の手前で下がる。真っ直ぐよりも広く取られた主翼の両端には小さな翼が上を向く、いわゆるウイングレット。

久々に完成したそのひこうきを見て、少年は思う。

姉ちゃん、今頃《いまごろ》どうしてんのかな？

『大切な人のところまで飛びます』

案外、姉ちゃんのとこまで飛んだりして——そんな自分の考えに思わず笑いながら、少年は紙ひこうきを飛ばした。

紙ひこうきは飛んでいく。真っ直ぐに、風に乗って。

その軌跡《きせき》を見送り、少年はハッとする。

姉ちゃんのとこに飛んだら、肝心《かんじん》の飛ばしたやつが飛んで欲しいとこに行かねえじゃん、と。

とっくに見送った流れ星に願うような心境で、少年は願いを込《こ》める。

どこの誰にだか知らないけど、ちゃんと当初の目的地に飛べよー、などと。


…………

…………

それは清々《すがすが》しい朝の出来事。

いそいそと——という割には、どこかおっとりとした動作で弁当を詰《つ》めていた女性がご飯の真ん中に梅干しを埋《う》めて、よし、と小さく呟きながら、あらあらそういえば窓も開けてなかったわ、とキッチンの窓を開けた瞬間《しゅんかん》だった。

窓を開けた瞬間に飛び込んでくる白い影。滑《すべ》り込むような忙《せわ》しなさで入り込んできた〝それ〟は、女性の前を横切り、弁当に突《つ》き刺《さ》さった。

あらまあどうしましょう、と慌《あわ》てて——の割にはのんびりとした足取りで、せっかく詰めた弁当の前まで駆《か》け寄る。

それは紙ひこうきだった。

先端がご飯の真ん中、梅干しに突き刺さっている。

どこから飛んできたのかしら、などと思いながら引っこ抜《ぬ》けば、不意に折られた紙ひこうきの翼が広がる。

『大切な人のところまで飛びます』

書かれていたそんな文字を見て女性は、まあ素敵、と空《あ》いた手を頬《ほほ》にあてる。矢文みたいなものかしら、ロマンチックだわ。

どうして矢文みたいなものと思ったのか、どうしてそれがロマンチックに思えたのかは彼女のみぞ知るところである。

でも大変、こんなところに不時着してしまって。女性は梅干しに刺さってしまったせいで先端が赤色に染まってしまった紙ひこうきを見やる。

なんだか、懐《なつ》かしい形をしていた。

ずっと前に、まだ小さかった頃、弟と一緒に作った紙ひこうきの自分たちなりの完成形だった。

二人とも紙ひこうきが好きで、もっとも自分は折り紙全般《ぜんぱん》が好きだったのだけど、どうすれば一番飛ぶのかを試行錯誤して、二人で作り上げた紙ひこうきの折り方と同じだった。

しばらく会ってないわねえ。元気かしら。そんなことを考えながら、紙ひこうきを折り直していく。きっと元気に違いない。弟が可愛《かわい》くてよしよししてあげると嫌がっていた。いなくなってせいせいしてるとか思ってるのかもしれない。女性は自分の想像に鬱《うつ》になりかける。

そうして——いいもんね、お姉ちゃんには彼氏いるもんね——と唇《くちびる》を尖《とが》らせてみたりしながら、紙ひこうきは再び鋭い翼のラインを得る。

先端が赤いのは、そう、アクセントだ。

でも、彼氏がいても、やっぱり弟は可愛い。会いたい。ああ、今度の休みに会いに行っちゃおうかしらうふふ。

思わずにこにこと笑みを溢《こぼ》しながら、女性は紙ひこうきを窓の外へ向けて飛ばす。

誰が、誰に向けて飛ばしたのかは分からないけれど、この紙ひこうきが今度こそ真っ直ぐに、誰かの大切な人に届きますように。

——あらいやだ、と女性はハッとしながら口元を押さえる。

入ってきた窓から飛ばしたら、持ち主のところに戻《もど》ったりしないかしら。いやそもそも、私が飛ばしてしまって、もしかして私の大事な人に届いたりしたらあまりに申し訳ないわ。

『大切な人のところまで飛びます』

そんなことを考えてみてももう遅《おそ》い。風に乗った紙ひこうきは、遠く離《はな》れた姉弟の研究の成果の分だけ、速度を上げて飛び去った。


…………

…………


今日は忙しいのかもしれない。

いつもの朝の時間。いつものように、いつもの公園のベンチで座る幼い少女は溜《た》め息を吐《つ》く。

この場所でいつも出会える、どこかのんびりとした雰囲気の優しい女の人。一緒に散歩をしたり、お話をしてくれる人。

たまに忙しい日があって、そういう時は会えない。

だから我慢《がまん》しないと。そう思いながら、幼い少女は少しだけ躊躇《ためら》いつつもベンチから腰《こし》を上げる。

幼い少女は待機児童だった。

父親はいない。母親は、朝早くから働きに出ている。家はすぐ近くのマンション。近所の人達は優しくしてくれるが、しかし一緒に遊んでくれる友達はいない。周囲の大人が優しくしてくれる理由が同情からだということにまだ気付かないのは、幼い少女にとって幸運なこと。

あまり外に出ちゃダメ。家の中でお勉強してなさい。

そんなことを言われても、そんなのは退屈《たいくつ》すぎる。

どうしようかな、などと思う幼い少女の足元に、滑り込むようにして何かが落ちた。

危うく踏《ふ》み潰《つぶ》すところだった足をよけると、それは紙ひこうき。

なんだかかっこいいかたち、と幼い少女は思う。さきっぽだけあかい色がついている。

それを拾い上げ、どうやって折ったんだろうと何となく開いてみる。

『大切な人のところまで飛びます』

何て書いてあるんだろう、と幼い少女は首を傾げる。ひらがなだけを読んでみても意味は分からない。

よく分からないけど、元に戻そう。そう決めた幼い少女は元通りに折り畳《たた》もうとして、愕然《がくぜん》とする。

どうやって折ってあったのか分からない。

少し涙《なみだ》ぐみながらおろおろとすること数秒、不意に頭の隅《すみ》に天啓《てんけい》。

それはよく行く、近所の駄菓子《だがし》屋さんのおばあちゃんから教わった知識だった。紙ひこうきの作り方。そんなに難しくなかったはず、とどうにか思い出そうとしながら必死に紙を折る。

ただでさえよれよれとしてしまっている紙を、何度も折り直す。その度に何となく違う気がして広げる。その繰《く》り返し。紙はどんどんよれていく。どうやって折っても皺《しわ》ができてしまうほどに汚《きたな》い。

本当に涙が溢れそうになって——不意に、駄菓子屋さんのおばあちゃんの言葉が頭を過《よ》ぎった。

——大丈夫《だいじょうぶ》よ、落ち着いて。すぅーってして、はぁーってしてごらん？

すぅーっとして、はぁーっとする。深呼吸。

教わっても上手く出来なかった時にくれた、穏《おだ》やかで優しい声。

不器用に深呼吸をしながら、幼い少女は紙を折っていく。恐《おそ》る恐る。でも、確かに作り方を思い出しながら。

しばらくそうして、出来上がった紙ひこうきを見つめる。

感想は、なんか違う。

元通りにはできなかった。でもきっと飛ぶに違いない。飛べば大丈夫。何がなのかはよく分からないが。

幼い少女は、放り投げるような勢いで腕《うで》を振《ふ》る。

足りない分は自分が力になるとばかりに。

どこか歪な紙ひこうきはふわりと舞い上がり——唐突《とうとつ》に吹《ふ》いた風に乗った。

空高く、紙ひこうきは飛んでいく。

その様子を、わあっ、と歓声《かんせい》を上げて幼い少女は笑みを溢した。

どこまでも飛んでいけとばかりに両手を掲《かか》げ、やがて視界から消えるまで、ずっと紙ひこうきを見送った。

『大切な人のところまで飛びます』

元通りにして置いておく、という当初の目的は、完全に忘れてしまっていたのだが。


…………

…………

いつからそこにあったのか。駄菓子屋の主人である老婆《ろうば》は、曲がった腰を重そうに持ち上げながら、それを見やる。

あまりに自然で風景の一部と化していたのだが、よくよく見れば天井《てんじょう》から吊《つ》り下げたスチロール製の玩具《がんぐ》の飛行機に交じって、なんだか皺だらけの紙ひこうきが絡《から》まっている。

さてなんだろうね、と思いつつ、紙ひこうきをそっと引っこ抜く。

随分《ずいぶん》と頼《たよ》りない飛行機だ、と老婆は小さく笑う。

何度も折り直された紙ひこうきは、随分と歪な形で作られている。翼はどこか曲がっていて、左右のバランスも悪い。これでは真っ直ぐ飛ぶまい。

でも、と老婆は思う。

不恰好《ぶかっこう》だが、しかしこれを作った人間は、一生懸命《けんめい》に作ったに違いない。

どうにか形を整えようとした努力が端々に見られる。

ところで全く関係ないところに唐突にある赤い模様は何なのか。

そんなことを思いつつ、何となく紙ひこうきを手直ししようかと老婆は紙を広げる。

『大切な人のところまで飛びます』

ほう、と老婆は可笑《おか》しそうに笑う。

とすると、誰かが自分を大切だと思ってくれているということか。

あるいは、この紙ひこうきは、誰かの大切な人のところへ飛んでいく途中《とちゅう》だったのか。

もしそうなら、こんなところで絡まっていたのは、この紙ひこうきにとっては不本意だろう。

老婆は丁寧に紙を伸ばし、考える。

どういう折り方をすれば、ちゃんと飛べるようになるだろう。

皺の少ない部分を探し、実際には折らずに頭の中でシミュレートしていく。できれば皺の部分を主翼にするのは避《さ》けて、あまり負担の掛《か》からない構造に。

そうしてしばらく考え、老婆はおもむろに折り始める。主翼を二重にして補強代わりに。先端は折り畳む。

こういう形をなんと言ったかな、と出来上がった紙ひこうきを見て、老婆はふと思い出す。

こういう形状の紙ひこうきを、俗《ぞく》にセミ飛行機といったはずだ。

その紙ひこうきを見ながら、老婆はふと思う。

こんなお遊びのようなことでも、もしもできるのなら、誰かの大切な人に届いて欲しい。

自分の大切な人は、もういなくなった。

夫は随分前に先立った。一人息子は、その夫と家業を継《つ》ぐか否かで喧嘩《けんか》別れして上京した。こちらに戻る気配どころか、顔を出す気配もない。それでいいと思っている。風の噂を聞けば孫ができているらしく、その顔を見られないのは残念だが。

老婆は紙ひこうきを飛ばす。

『大切な人のところまで飛びます』

見えない風に乗るかのように、紙ひこうきは優雅《ゆうが》な軌跡を描《えが》いて空へと飛び立つ。

老婆は少しだけ唖然《あぜん》としながら、しかし小さく笑った。

本当に、飛んでいくかもしれない。

どこかの誰かの大切な人のところまで。

運が良ければ、自分の大切な人のところにも。


…………

…………


自分にとって、大切なものとは何だろうか。

高層ビルの一室、豪華《ごうか》な作りの家具調机と革張りの椅子《いす》。そこに腰かけた恰幅《かっぷく》のいい中年男は、手にした紙切れを見つめながら考える。

『大切な人のところまで飛びます』

紙ひこうきだった。さっきまでは。

高層ビルの入口。その玄関《げんかん》に入ろうとした時、頭にぶつかったもの。

誰が飛ばしたのだまったく、と悪態をつきながら捨ててやろうと思い、ふとその手が止まったもの。

意味なんてない。そんなことは分かっている。でも、どうしてか、その皺だらけの紙ひこうきを捨てられなかった。

男は成功者だった。

一代で築いた大企業《きぎょう》の社長だった。

見るからに近代的な高層ビルの上層から都会の街を見下ろし、そこに見える全てのモノに影響《えいきょう》を与《あた》えていると言っても過言ではないほどに、大きな会社の創設者だった。

そんな自分の、大切なものとは何だろう——男は考える。

会社か？　もちろん大切だ。全てと言っても過言ではない。

金か？　大事だ。何をするにしたって金は必要になる。

名声か？　それも大切なものの一つだ。それがなければ誰にも相手にされない。

なければ自分の言葉は戯言《ざれごと》で片付けられる。あれば金言になる。同じ言葉であっても。それが現実だ。

大切なものなど山のようにある。だが——

大切な人は、いるだろうか？

両親——もう顔も思い出せない。とっくの昔に捨てたも同然だ。

兄弟——いない。一人っ子だった。

親戚《しんせき》——名前すら思い出せない。金の無心をされた覚えしかない。

妻——いつの間にか離婚《りこん》していた。どんな顔だった？　どんな声だった？　なぜ離婚したのだったか。それ以前に、なぜ結婚したのだったか。

そして、娘《むすめ》——きっと恨《うら》んでいるに違いない。

せっかく顔を思い出せる人間なのに。声を思い出せる人間なのに。

邪魔《じゃま》になった。だから捨てた——捨てたも同然だ。

男は僅《わず》かに俯《うつむ》き、回顧《かいこ》する。

娘は生まれつき体が弱かった。すぐに病気になった。妻は金目当ての女だった。

娘をほったらかしにして遊び歩いていた。看病などするタマではなかった。

病院に押し込んで、そのまま忘れ去った。

最後に自分に残った人間味が、会いに行くことを躊躇うほどに、長い間。

全てが邪魔だった。仕事の。成功の。金儲《もう》けの。

その全てを切り捨ててきた。

だから自分は成功した。金持ちになった。この巨大《きょだい》な企業を作り上げ、維持《いじ》し、
そして今、未来にかけて繁栄《はんえい》するための架《か》け橋を作り上げている最中だ。

男はもう一度自分に問う。

自分にとって、大切な人とは誰だ——そんな者はいない。

だがしかし。

この紙ひこうきを飛ばした人間には、いたのだろう。

男は紙ひこうきを折る。やり方など忘れてしまっていたが、しかし母親は得意だった。そうだった気がする。

記憶《きおく》を頼りに折った紙ひこうきを片手に、男は立ち上がる。

ちょうど入れ替《か》わりに社長室のドアをノックしようとした秘書の男と擦《す》れ違う。

どちらへ、という質問に、すぐに戻る、と男は答えた。

屋上から見えたのは灰色の空。

風が少し強い。

折った紙ひこうきの主翼を、少しだけセロハンテープで補強した。こうすれば飛《ひ》距離《きょり》が伸びる、などと聞いたことがある。

フェンスから少しだけ身を乗り出し、紙ひこうきを放つ。

滑るようにして、紙ひこうきは飛んでいく。風を翼に十分に受けて。ビルの合間の複雑な気流をものともせずに。

大切な人はいない——いる、だなどとは口が裂《さ》けても言えはしない。

しかしいつかは。

『大切な人のところまで飛びます』

できることなら近い未来に。

捨てたものを拾いに行くべきなのだろう。

願わくは——

どこかの誰かの大切な人に届く前に。
自分の大切だったもの、大切にしたかったものの空の上を、
ほんの僅か、自分の想いを乗せたそれが、通り過ぎるような幸運を。

…………

…………

大切だと思える人はいますか？
私にはいます。
私は父親の顔を思い出せません。
母親の顔を思い出せません。
小さな頃、物心つく前から、この白い部屋——病室にいます。
同年代の友達はいません。

でも、病院の先生が好きです。私の話を真剣《しんけん》に聞いてくれます。

看護師さんが好きです。いつも優しく私の手をとってくれます。

ずっと前に退院して、今もたまに会いに来てくれる小さな女の子が好きです。

事あるごとに果物を置いていくおじいちゃんが好きです。

実はあまり興味がないジャンルの小説を貸してくれるおばさんが好きです。

掌《てのひら》の中の世界だけど、みんな、みんな大切です。

だから――

――病院着の少女は思う。

『大切な人のところまで飛びます』

例えば私が、この紙ひこうきを飛ばしたら、どこへ行くんだろう？

皺だらけで、なんか赤い模様があって、セロハンテープで補強されてて、何度も折り直した形跡のある紙ひこうきを手に、思う。

外の世界に、私の大切な人はいるのだろうか。

どこかで、私が大切だと思える人がいるのだろうか。

大切って、なんだろう。

大切とは――

――ポンッと、軽い電子音が鳴る。

広げたノートパソコンの画面、映し出されているチャットルーム。

『こんにちは』

そんな挨拶《あいさつ》文。相手はいつも通りの、あの子。

ああ、と呟き、病院着の少女は笑う。

〃あの子〃は、少し前にネットで知り合った子。

学生で、最近転校したばかりだという女の子。

その子は悩《なや》んでいた。自分が引っ込み思案なこと、新しい学校になかなか馴染《なじ》めないこと。

どこか放っておけなくて、相談に乗った。

その子もまた、私の病院生活の愚痴《ぐち》を聞いてくれた。

そうして少しだけ時間が経って、その子の悩みは少しだけ変わっていった。

恋《こい》の悩み。

図書委員になったらしいその子は、同じ委員に選ばれたという明るくて元気な男の子に、クラスに馴染むきっかけをもらったそうだ。

口下手でろくに返事もできないようなその子に、男の子は屈託《くったく》なく接してくれるのだそうだ。

憧《あこが》れのような、恩のような、恋のような。

そんな話をしてくれるその子が、少しだけ妬《ねた》ましくて、羨《うらや》ましくて。

だけど、とても楽しい時間。

自分もそこにいられて、一緒に悩んでいた時間。

大切なものは、ちゃんと外の世界にもあった。

『大切なもののほとんどは、大切だと気付かないくらい、ちっぽけでありふれたものだよ』

病院着の少女の、唐突なそんな返事に、返答は遅い。

しばらく掛かるかも、などと悪戯《いたずら》っぽい笑みを浮《う》かべる。

紙ひこうきを折り直す。

どれだけの距離を飛んだのだろう。もうどうやって折ってもボロボロで、本当に満身創痍《そうい》といった様子。

あなたは、どこから来たの？

どこへ行こうとしていたの？

もう少しだけ頑張《がんば》れる？

あのね、応援《おうえん》したい子がいるの。

きっかけになってあげられる？

『大切な人のところまで飛びます』

紙ひこうきが滑り込んだ窓。

病院着の少女は、紙ひこうきを飛ばした。

ボロボロの翼で、風に乗って、紙ひこうきは飛んでいく——


…………

…………


『大切な人のところまで飛びます』

ある日、突然に飛んできた紙ひこうきは、再び戻った。

三つ編みの少女の下へ。

戻ってきちゃったの？　と少女は思う。

どこからか飛んできて、何度も折り直されていた紙ひこうきは、同じように折り直されて自分の手を離れてから、どれだけの旅をしてきたのだろう。

それは不思議で、もしかしたら不気味な出来事なのかもしれないけれど。

少女はやはり、不思議と恐ろしいとは思わなかった。

ただ、見るも無残とばかりにボロボロの紙ひこうきを、今度は折り直さなかった。

文字は掠《かす》れて今にも消えそうだった。

補強したと思われるセロハンテープは剝《は》がれ、翼を破いている。

無残なのだけれど、その姿はどこか誇《ほこ》らしげに思えてしまった。
やり遂《と》げたのだと、語っているような気がした。
少女は思う――
あなたはどこから来て、どこに行こうとしたのか。
それは分からないけれど。
ここで終わりでも、いいの？
『大切な人のところまで飛びました』
なぜだろうか。
紙ひこうきが頷《うなず》いたような、
そんな不思議な感覚だった。

…………

…………

それ、流行《はや》ってんのか？　とは、少年の言葉。

図書館での図書委員の仕事、受付をしながら、活発そうな少年は、三つ編みの少女に話しかける。

なんだか最近見た気がする言葉。

『大切な人のところまで飛びます』

紙ひこうきを折る少女は、紙にそんな文字を書いていた。

二代目、と少女は言葉足らずに言う。

少年にはなんのことなのかは分からない。

ただ、その紙ひこうきの折り方を見て物申す。

もっと良い折り方知ってるぜ。教えてやるよ、と。

その様子を見た、彼らの友人達が群がる。

イカ飛行機がいいに決まってんだろ――少年の友人が顔を出す。

曲芸飛行機とか面白いよ――少女の友人が身を乗り出す。

ジェット機がいいよ――ツバメ知らねえとかもぐりかよ――俺なら断然のしイカだね――あんたカモメとか知らないでしょ――

少年と少女を取り囲むように、わいわいと騒《さわ》ぎながらの紙ひこうき作りが始まる。

中央に押しやられるように、少年と少女の肩《かた》が触《ふ》れる。

少女は顔を赤くして、しかしはっきりと伝えた。

――教えてくれる……？

少年はニカッと笑う。

――任せとけ！

今度の紙ひこうきは、もう少し長く飛べるかもしれなかった。

本書は、小説投稿サイト「エブリスタ」が主催する短編小説賞「三行から参加できる　超・妄想コンテスト」入賞作品から、さらに選りすぐりのものを集め、大幅な編集を施したものです。

本書の内容に関してお気づきの点があれば編集部までお知らせください。info@kawade.co.jp

5分《ふん》間《かん》で心《こころ》にしみるストーリー

2017年7月30日　初版発行
2018年5月30日　4刷発行

［編　者］エブリスタ
［発行者］小野寺優
［発行所］株式会社河出書房新社
〒一五一－〇〇五一　東京都渋谷区千駄ヶ谷二－三二－二
☎〇三－三四〇四－一二〇一（営業）　〇三－三四〇四－八六一一（編集）
http://www.kawade.co.jp/

［デザイン］BALCOLONY.
［組　版］一企画
［印刷・製本］中央精版印刷株式会社

ISBN978-4-309-61216-4　Printed in Japan

「5分シリーズ　刊行にあたって」

今の時代、私たちはみんな忙しい。
動画UPして、SNSに投稿して、
友達みんなに返信して、ニュースの更新チェックして。

そんな細切れの時間の中でも、
たまにはガツンと魂を揺さぶられたいんだ。

5分でも大丈夫。
短い時間でも、人生変わっちゃうぐらい心を動かす、
そんなチカラが小説にはある。

「5分シリーズ」は、
5分で心を動かす超短編小説を
テーマごとに集めたシリーズです。
あなたのココロに、5分間のきらめきを。

エブリスタ × 河出書房新社

5分後に涙のラスト

感動するのに、時間はいらない――
過去アプリで運命に逆らう「不変のディザイア」ほか、最高の感動体験8作収録。

ISBN978-4-309-61211-9

5分後に驚愕《きょうがく》のどんでん返し

こんな結末、絶対予想できない――
超能力を持つ男の顚末を描く「私は能力者」ほか、衝撃の体験11作収録。

ISBN978-4-309-61212-6

5分後に戦慄《せんりつ》のラスト

読み終わったら、人間が怖くなった――
隙間を覗かずにはいられない男を描く「隙間」ほか、怒濤の恐怖体験11作収録。

ISBN978-4-309-61213-3